"上海产学研合作优秀项目奖"媒体报道选编

（2019—2023年）

上海科技成果转化促进会 编

上海科学技术出版社

前　　言

上海科技成果转化促进会会长
朱英磊

　　"上海产学研合作优秀项目奖"（简称"上海产学研奖"）于2009年创设，经上海市科委批准并报国家科技部备案，由上海科技成果转化促进会（上海市促进科技成果转化基金会）、上海市教育发展基金会、上海市科学技术协会主办。"上海产学研奖"面向全市科技型企业，以及与之合作的高校和科研院所，每年评选一次，是目前上海市为推进产学研深度融合设立的唯一奖项。

　　"上海产学研奖"已经连续举办15年，累计评奖249个，涉及企业236家、高校46家、科研院所40家，本市一批产学研合作意识强、合作紧密、成果丰硕的企业、高校、科研院所脱颖而出，得到社会的充分肯定。有近20家中央媒体和本市主流媒体对"上海产学研奖"和得奖项目进行了各种形式的报道，尤其是近5年来，参与报道的媒体数量、发稿数量增加，报道深度大为加强，引领和示范效应不断扩大，极大地提高了"上海产学研奖"的知名度和影响力。

　　本书汇集了2019年至2023年间媒体对"上海产学研奖"及其获奖项目的报道。这些报道介绍了获奖项目的内容和特点，揭示了上海产学研合作的多种模式及其经验，展望了上海产学研合作深度融合的发展趋势，充分肯定了"上海产学研奖"对于推进上海产学研深度融合的"铺路石""呐喊者"与"助跑者"的作用。这些生动的报道不仅展示了"上海产学研奖"在促进产学研合作、推动科技成果转化方面所取得的丰硕成果，也反映了上海作为国际化大都市的科技创新的活力。让我们看到了一大批优秀的科技成果得以转化为实际应用的典型案例，看到了产学研合作成果对企业发展与学研进步的重要作用，更为重要的是，通过这些报道，可以让人们提高对"产学研合作是企业进步、学研进步和经济发展的'康庄大道'与'捷径'"的认知，为有志于投身于产学研合作的有识之士提供有益借鉴。为使这些报道能进一步推进上海产学研深度融合，加快上海科创中心建设，我们邀请了部分进行这些报道的媒体记者撰写了"媒体人手记"，分享他们对于上海产学研合作的观察与体会。

习近平总书记在上海考察时强调："上海要完整、准确、全面贯彻新发展理念，围绕推动高质量发展、构建新发展格局，聚焦建设国际经济中心、金融中心、贸易中心、航运中心、科技创新中心的重要使命，以科技创新为引领，以改革开放为动力，以国家重大战略为牵引，以城市治理现代化为保障，勇于开拓、积极作为，加快建成具有世界影响力的社会主义现代化国际大都市，在推进中国式现代化中充分发挥龙头带动和示范引领作用。"持续深化产学研融合创新，正是贯彻落实习总书记对上海殷切厚望，加快和实现上海高质量发展的关键。上海科技成果转化促进会、上海市教育发展基金会、上海市科学技术协会衷心希望与上海各高校、各科研院所机构、各地区、各科创园区等有关各方继续紧密合作，为上海进一步落实习近平总书记"加强企业主导的产学研深度融合，强化目标导向，提高科技成果转化和产业化水平"的要求，作出新的努力和贡献。

最后，由衷感谢上海市政协办公厅、宣传处的指导帮助，由衷感谢新华社上海分社、《人民政协报》上海分站、《解放日报》、《文汇报》、《新民晚报》、上海广播电视台、《上海科技报》、东方网等媒体的大力支持，衷心感谢为此书编撰出版费心出力的各位朋友。

目 录

2019 年度

人才为纽带 "试金"靠市场 2
——记2019年度"上海产学研合作优秀项目奖"特等奖项目

姜晓凌

报道摘录 5

2020 年度

加快构建顺畅高效的技术创新和转移转化体系 10
——产学研深度融合，申城大中小微企业汇聚成科创发源地

郑蔚

报道摘录 14

2021 年度

当好产学研深度融合的"铺路石"
——"上海产学研合作优秀项目奖"13 年评选树立一批合作典型

俞陶然 … 18

寻找接地气的产学研"金点子"
——科研成果纸变钱 更有生命力

马亚宁 … 21

产学研融合加速"纸变钱",赋能经济高质量发展
——"上海产学研合作优秀项目奖"设立 13 年,见证上海科技成果转化能级不断提升

许琦敏 … 25

从进口到替代到出口,校企合作助力"中国智造"立体仓库"走出去"

傅文婧 … 29

报道摘录 … 32

2022 年度

产学研合作新模式深度赋能高端制造 42

董雪

产学研合作模式多样　紧密度提升 45

——"上海产学研合作优秀项目奖"揭晓，基本涵盖上海三大先导产业和六大重点产业

俞陶然

模式创新为科技成果转化贡献更多"成功之钥" 49

——"上海产学研奖"设立14年，奖项不断增多影响持续提升

许琦敏

看"金点子"变成"金手指" 53

——上海产学研唯一奖项"上海产学研合作优秀项目奖"揭晓

马亚宁

"救命药"再小众也要研发 57

——三方通力合作，一等奖项目走出实验室

马亚宁

十八年携手合作砥砺前行，新一代宫颈癌　　58
体外诊断试剂为妇女带来福音

傅文婧

产学研合作硕果累累，创新型企业仍需　　62
赋能

赵颖文

报道摘录　　64

2023 年度

《国际骨科》论文显示：国产手术机器人临床效果与国际顶尖产品相当
俞陶然

洽谈对接，让"科技之花"结出"产业之果"
——2023 年"上海产学研合作优秀项目奖"诞生的背后
姜晓凌

"产学研"齐聚咖啡桌，聊出一台"展翅出海"的"鸿鹄"机器人
赵颖文

发挥"铺路石""呐喊者""助跑者"作用
——上海科技成果转化促进会负责人就 2023 年"上海产学研奖"有关情况答记者问
戚尔达

咖啡桌边"跨界聊天"何以拿下五国认证
——国产手术机器人"鸿鹄"腾飞的秘诀
许琦敏

"免费"合作如何成就世界领先大国重器 `87`
——"高温气冷堆"在我国率先实现商用背后的密码

许琦敏

校企"同题共答",8年迭代摆脱进口依赖 `90`
——这家成立仅8年的大学生创业企业是如何做到的

沈湫莎

产学研深度融合推高"中国智造" `93`
——上海:一个科技奖项的"促智"之法

董雪

九院3年成功转化金额达4.7亿:医疗科研的"酒香"了,如何走出"巷子"? `96`

黄杨子

第四代核电领域再突破 上海电气产学研合作结硕果 `100`

马牧野

报道摘录 `105`

媒体人手记

那些"数字"和"奖项"背后的故事   112
顾意亮

一切皆缘   113
姜晓凌

搞科创,是需要一点精神的   114
戚尔达

让"上海产学研奖"报道"授人以渔"   115
俞陶然

为促进上海产学研深度融合"深蹲助跑"   116
许琦敏

附录 1

   长三角之声《思创空间》深度访谈:上海
   产学研奖揭晓   118

附录 2

   历年获奖"光荣榜"   126

2019 年度

人才为纽带 "试金"靠市场

——记 2019 年度"上海产学研合作优秀项目奖"特等奖项目

来源：《上海科技报》
记者：姜晓凌
时间：2019 年 12 月 25 日

以奖项评选推动建立以企业为主体，市场为导向，产学研深度融合的技术创新体系——2019 年度"上海产学研合作优秀项目奖"表彰会议日前在市政协举行。

该奖项由上海科技成果转化促进会、市教育发展基金会、市促进科技成果转化基金会主办，是获得市科委批准并报国家科技部备案的社会组织设置的市级科技奖项，也是上海市激励产学研合作的唯一荣誉奖项，已连续举办 11 年。据悉，2019 年度上海市产学研合作优秀项目奖从今年 6 月 20 日起开始网上申报和推荐项目工作，共收到有效申报和推荐项目共 25 份。今年企业申报和推荐的项目，主要涉及电子信息、先进制造、新材料、新能源与高效节能、资源与环境、生物医药、现代农业等领域。多位来自不同领域的专家经过多轮评选，共有 12 个项目获本年度"上海产学研合作优秀项目奖"，其中，特等奖 2 个、一等奖 2 个、二等奖 3 个、三等奖 5 个。

主办方表示，下一步要着力完善这一奖项的评选机制，提升社会影响力；要加强调研，进一步深入研究产学研合作的典型案例，总结成功经验，形成规律性认识，积极加以推广，为上海科创中心建设作出"铺路石"贡献。

转化落地，各尽所长实现优势互补

核电机组作为电力工业的重要组成部分，在国际社会温室气体排放、气候变暖的形势下，是我国能源建设的一项重要措施。而转子是其汽轮机组的核心部件，目前世界上仅有一家日本企业能够生产 200 吨以上的、满足百万级核电需求的低压整锻转子锻件；国内重型机器厂尚未突破该项技术，因此价格特别贵，还得依靠进口，这对我国核电发展是个很大的制约。

为了摆脱大型锻件受制于人的状况，实现核电设备等完全国产化设计、生产和制造，上海电气电站设备有限公司提出了大型核电汽轮机低压转子采用焊接转子技术研发的发展战略。"大型核电汽轮机焊接转子技术研发及产业化"项目正是在此背景下，于 2014 年正式立项。公司联合华东理工大学、上海交通大学等攻关，历时 5 年时间，攻克了制造焊接转子的种种技术难点，成功研发了大型核电汽轮机焊接转子的技术，并成功应用于国产大型核电机组，从而保证了核电机组关键部件的供货渠道，也为国内重机厂提供了制造焊接转子锻件的技术支持。

据介绍，该项目不仅强调产学研合作，更强调实际应用的驱动和问题需求的导向，也就是"产学研用合作"，最终将技术转化为产业化应用。在项目合作过程中，合作方各尽所长实现优势互补：上海电气电站设备有限公司有着近 60 年的焊接转子设计、制造及运行的经验积累，具备丰富的焊接转子技术研发经验；华东理工大学机械与动力工程学院，在机械制造领域有着扎实的理论和学科基础，尤其是相关承压部件的安全性评估方面有着先进的理论分析能力；上海交通大学材料科学与工程学院在材料科学、焊接冶金等各项专业研究领域，尤其是对焊接接头的组织分析、断口分析等有着丰富的经验，对焊接转子的工艺开发有着独到的见解。

引入基金，探索产学研合作新模式

我们都知道，屠呦呦教授发现的青蒿素类药物因疗效高、毒副作用低而被 WHO 确定为全球抗疟市场首选药物。而致力于人工合成青蒿素，则意义十分重大，若能成功实现产业化，将最终取代天然提取青蒿素，使之不再受自然资源限制，可以持续稳定地生产、供应优质青蒿素，稳定市场价格，确保供应患者，为消灭疟疾、造福人类作出重大贡献。

为此，作为抗疟药物"青蒿琥酯"原研企业的上海复星医药集团，与上海交通大学张万斌教授首创的"半合成青蒿素"催化剂技术、盖茨基金提供的 AMYRIS 第二代生物合成青蒿酸技术和资金，三强合作，共同推进"青蒿素人工合成中试产学研合作项目"的产业化。而引进并成功得到全球知名的盖茨基金的资金和技术支持，是本项目产学研合作模式的最突出特点。三方严格按照协议规定的责任、成果分享和风险分担等规范进行合作，确保了项目进展顺利并完成中试，连续流微反应器合成的青蒿素，已经制成了青蒿琥酯，产品质量符合 WHO 质量标准，达到了预期目标。

除此之外，通过该项目，复星医药与上海交大还将进一步探讨产学研合作的全面战略形式。同时，盖茨基金还发现了张万斌教授团队在药物化学合成尤其在药物手性合成领域有国际领先的实力，目前正在资助该团队开展全球首创的抗结合药的研究。

报道摘录

摘自上观新闻 2019 年 12 月 20 日《打破我国核电发展一大制约，在表彰大会上这个项目获特等奖》，记者张骏。

1

转子是汽轮机组的核心部件，目前世界上仅有一家日企能生产 200 吨以上的、满足百万级核电需求的低压整锻转子锻件，因此价格十分昂贵。为了打破我国核电发展的这一制约，上海电气电站设备公司与华东理工大学、上海交通大学合作，共同攻克了制造焊接转子的种种技术难点，成功研发了大型和电汽轮机焊接转子的技术，并成功应用于国产大型核电机组。这一合作项目获得 2019 年度"上海产学研合作优秀项目奖"特等奖。

据介绍，除了"大型核电汽轮机焊接转子技术研发及应用"项目，上海复星医药（集团）股份有限公司与上海交通大学、盖茨基金会合作的"青蒿素人工合成中试产学研合作项目"也获得特等奖。上海紫日包装有限公司与上海应用技术大学合作的"物理气相沉积超硬涂层的关键技术研究及应用"等 10 个项目分获一、二、三等奖。

复星医药集团副总裁汪曜介绍，疟疾是危害人类健康的流行病，上海交通大学张万斌教授首创了"半合成青蒿素"催化技术，盖茨基金会提供了 AMYRIS 第二代生物合成青蒿酸技术和资金，而复星医药拥有在研产品线和产业化能力，三方合作，共同推进该项目产业化，共同为人类健康服务。

摘自文汇网 2019 年 12 月 19 日《确保人工合成青蒿素量产、以"人工智能+"赋能空气污染预测……这个大会表彰了上海这些产学研合作优秀项目》，记者周渊。

2

大型核电汽轮机焊接转子技术研发及应用、青蒿素人工合成中试产学研合作项目、物理气相沉积超硬涂层的关键技术研究及应用、新能源汽车智能环境模拟检测装备系统技术与应用……19 日，2019 年度"上海产学研合作优秀项目奖"表彰大会在上海市政协举行，上述 12 个项目获得荣誉。

疟疾是危害人类健康的流行病。2017 年全球有 2.19 亿例疟疾病例，43.5 万人死亡。此前屠呦呦教授发现的青蒿素类药物因疗效高、毒副作用低而被 WHO 确定为全球抗疟市场首选药物。

此次获奖的青蒿素人工合成中试产学研合作项目产业化将实现 WHO 全球抗疟战略的发展需要。该项目由上海复星医药（集团）股份有限公司与上海交通大学和盖茨基金会合作。

上海交通大学张万斌教授首创"半合成青蒿素"催化剂技术，破解青蒿素合成的世界级难题。上海复星医药集团正是抗疟药物"青蒿琥脂"的原研企业。双方于 2013 年签署《关于青蒿素高效人工合成技术的合作协议》，2016 年底完成了 500 升的中试研究，中试产品符合 WHO 最新质量标准。项目成果得到盖茨基金会肯定，引入世界先进的"连续流微反应器"技术，签订项目任务书，提供试验资金等。

秉持社会效益第一，共同为人类健康服务的理念，校、企和海外基金三方合作，探索国际合作的产学研新模式和新机制，共同推进项目产业化。

相关专家表示，人工全合成青蒿素的成功产业化将确保青蒿素抗疟类药物的有效供给实施"双轮驱动"。使之不再受自然资源限制，可稳定生产、稳定市场价格，确保供应患者，为消灭疟疾、造福人类作出重大贡献。

空气污染是近年来普遍引发关注的焦点问题。记者注意到，此次还有一项获奖项目"基于深度学习的城市空气污染预测关键问题研究"，由上海超算科技有限公司与上海师范大学合作。从大数据的角度出发，应对空气污染预测面临的关键难题，打通"应用瓶颈—技术攻关—应用示范"的一系列问题，形成"智慧城市空气污染预测平台"。

据介绍，该项目技术成果已成功应用于青岛上合组织峰会、首届进博会等多个重要活动的大气环境预测中，人工智能深度学习预测方法显示出极高的准确率、拟合效果与时间计算优势。

2020年度

加快构建顺畅高效的技术创新和转移转化体系

——产学研深度融合，申城大中小微企业汇聚成科创发源地

来源：《文汇报》
记者：郑蔚
时间：2020 年 12 月 16 日

切实提升科技成果转化率

上海企业创新主体和技术创新核心地位更加突出，权威数据显示，2019 年，上海的技术市场交易额达到了 1 522 亿元，相当于上海 GDP 的 4%。

向"卡脖子"技术发起冲击

高校、科研院所这一科创生力军的积极介入，产学研深度融合，大大提升了企业科技创新攻坚克难的能级，助力企业向一个又一个"卡脖子"技术发起冲击。

您知道吗？上个月飞行 38 万公里抵达月球轨道的"嫦娥五号"轨道器、近年在南极中山站越冬的我国极地科考队，都用上了上海产学研多方成功合作后突破的硬核技术。记者从上海科技成果转化促进会获悉，作为上海唯一的产学研合作年度荣誉奖，2020 年"上海产学研合作优秀项目奖"已于日前诞生。

随着上海科创中心建设的推进，上海产学研进一步深度融合，既使高校、科研院所的科研成果有了用武之地，也为一大批科创型中小微企业插上了翅膀，又助力国有大企业在一些"卡脖子"领域攻坚克难，取得突破，发挥"领头羊"作用。产学研深度融合，让上海的大中小微企业汇聚成科创重要发源地。

看点：为什么在上海中心大厦观景特别舒适
关键词：企业创新主体

迪拜可谓高楼林立之城，一些去过迪拜旅游并登高观光的上海游客回国后发现，站在上海最高的建筑——上海中心大厦上俯瞰浦江两岸，要比在迪拜相似高度的大楼上观景舒服得多，感觉上海中心摇摆的幅度更小些。

上海材料研究所副所长徐斌解开了个中奥秘：上海中心大厦有632米高，在第125层安装了"超高层摆式电涡流调谐质量阻尼器"。阻尼器的作用是减振，在建筑受到风作用力摇晃时，阻尼器发生相对摆动，从而起到减振作用。上海中心在国际上首次将电涡流阻尼系统应用于摆式调谐质量阻尼器，大幅提升了阻尼器的灵敏度、可调节性、耐久性等性能，该阻尼器的减振率可达约45%，大大提升了建筑品质。

当初为了破解这一难题，上海材料所以上海中心大厦工程的应用为导向，积极联合科研合作方同济大学、施工方上海市机械施工集团、设计方同济大学建筑设计研究院和业主单位上海中心大厦发展有限公司，共同开展研发工作，成功研制世界上首个电涡流摆式调谐质量阻尼器。这一产学研用多方合作的"超高层摆式电涡流调谐质量阻尼器"项目，获得今年"上海产学研合作优秀项目奖"特等奖。

上海已基本构建起以企业为主体、市场为导向、产学研深度融合的技术创新体系。上海企业创新主体和技术创新核心地位更加突出，权威数据显示，2019年，上海的技术市场交易额达到了1 522亿元，相当于上海GDP的4%，在国际技术合同交易上占全国总量的20%。上海的各类创新主体积极探索合作机制，科技成果转移和产学研合作途径及方式更为灵活多元，切实提升了科技成果的转化率，为上海早日建成全球科技创新中心作出了积极贡献。

阻尼器外添加了雕塑"上海慧眼"，可供游客观赏

看点：为什么上海电气核电突破了"卡脖子"技术
关键词：科创生力军

位于浦东临港新片区的上海电气核电设备有限公司内，这几天员工正为一台"国和一号"核电蒸发器即将进行水压试验而热火朝天地忙碌着。这台蒸发器有20多米长，最大直径达6米。该公司试验中心高级工程师鲁艳红告诉记者，水压试验就是在压力容器中输入特定的水和压力，以检验该压力容器的承压能力。一旦通过水压试验这最后一道关口的检验，这台蒸发器即可发运交付。"国和一号"为我国第三代核电站，是名副其实的"国之重器"，而核岛系统的蒸发器，更是重中之重。

正在现场的安全装备部副部长刘来魁介绍说，蒸发器内部关键部件换热单元主要由一块管板、10块支撑板和12 606根U型传热管组成，管板和支撑板上需精密加工出25 212个孔，同时通过高精度的对中安装定位，才能确保壁厚很薄的U型传热管毫发无损地穿过。由于难度高，这曾是核电制造中的"卡脖子"技术之一。

面对挑战，上核公司主动联手中科院西安光机所，发明研制了"蒸发器支撑板安装测量系统"等4套具有自主知识产权的激光测量和监控系统，使其核岛蒸发器整体技术达到国际制造业先进水平。迄今为止，此技术已用于50多套核电蒸发器，成功安装在浙江三门，并出口南非。这一"三代核电蒸汽发生器关键检测技术研究及应用"，获今年"上海产学研合作优秀项目奖"的特等奖。

突破战略性新兴产业中的"卡脖子"技术，事关我国能否后来居上占领产业的制高点。而高校、科研院所这一科创生力军的积极介入，产学研深度融合，大大提升了企业科技创新攻坚克难的能级，助力企业向一个又一个"卡脖子"技术发起冲击。

看点：为什么上海广为能"逆风飞扬"
关键词：产学研联盟

日前，一辆集卡满载着"广为"和"TOP DC"这两个上海广为焊接设备有限公司自有品牌的全数字高端逆变焊机，驶出厂区直奔洋山深水港，为的是赶上发往北美的集装箱班轮。公司总经理胡成绰说："广为2019年的销售额是6.2亿元。今年全球经济遭疫情打压，我们年初还捏着一把汗，担心销售断崖。没想到，到10月份公司销售已破

10亿元,眼下正向全年销售破14亿元冲击。"

产品海外销售占比达95%的广为,何以"逆风飞扬"?原来,今年疫情暴发后,全球焊机生产厂家经历了一次大洗牌。得益于中国有效抗疫,及时复工复产,核心技术上握有自主产权的广为,产品量质并举,拿下了大量北美订单。

广为在1997年创办之初,产品还仅是低端的汽车电瓶配件。一家小企业怎么成长为行业"小巨人"的?靠的就是产学研深度融合。这家民企的创始人范晔平,硕士毕业于南京航空航天大学,他回母校请来了老师,从一个产学研合作项目攻克一个技术难题开始,产学研合作项目越做越多。2013年,广为与上海交通大学、上海电机学院、上海电力学院、南京航空航天大学和兰州理工大学等5所高校共建产学研联盟,投入的研发费用达销售收入的4%,突破了大功率三相PFC等数十项核心技术,产品达到了国际先进水平。至今,已建成1个院士专家工作站、3个实验室、2个创新中心和2个基础学科培养基地,近5年内产学研累计投入研发费用达1 000万元。该公司的"全数字高端逆变焊机关键技术突破及产业化",获今年"上海产学研合作优秀项目奖"一等奖。

如今,上海已有一批企业从产学研合作中尝到了科技创新的甜头,从最初的单个项目向长期合作、战略合作的深度推进,并创造出了适应各自需求的多种合作模式。在市经信委、市教委、市科委和市科协的大力支持下,实体化的创新平台、多元化的创新联盟,以及院士工作室、博士后工作站纷纷落户企业,为上海大中小微企业走科技创新之路提供了源源不竭的动力。

上海广为焊接设备有限公司产学研合作基地揭牌

报道摘录

摘自《文汇报》2020年12月16日《拓宽科技成果向现实生产力加速转化的"快车道"》，记者郑蔚。

上海已经有了科学技术奖，上海科促会评选的"上海产学研合作优秀项目奖"与科学技术奖有何异同？记者就此采访了上海科技成果转化促进会会长朱英磊。

"这两个奖项最大的不同，就是产学研合作优秀项目奖必须有着明显的产学研合作特征。产学研深度融合，是'上海产学研合作优秀项目奖'与科学技术奖、科技成果奖等其他奖项最主要的区别。当然，产学研合作优秀项目奖的技术品质，也应体现上海科技创新'要面向世界科技前沿、面向经济主战场、面向国家重大需求、面向人民生命健康'的方向和目标，也是产学研合作成效的最佳检验和成功体现。"朱英磊说。

摘自东方网 2020 年 12 月 17 日《突破"卡脖子"瓶颈"上海产学研合作优秀项目奖"今年颁出两个特等奖》，记者解敏。

2

"面向人民生命健康"，是上海生物医药领域科技创新的原动力，而产学研合作是必要途径。心脏外科医生过去遇到传统冠脉造影检查结果不明仍难以下诊断决心时，会考虑选择"压力导丝"方式给病人做进一步的检查，但"压力导丝"耗材约 1 000 美元，不仅手术复杂，而且需给患者注射的腺苷/ATP 药物有副作用，以致大多患者不能采用这一检查手段，患者难以获得精准的治疗方案。

一等奖项目——博动医学影像科技（上海）有限公司联手上海交大生物医学工程学院的"基于冠心病的定量血流分数测量系统"，医生只需采用"定量血流分数（QFR）"这一新技术，即可从冠脉造影中得到精准的心脏检查数据，判断病人是否需要安装心脏支架。

博动医学科学事业部总监韩静峰介绍，传统的冠脉造影方式，主要是从影像学上观察心血管狭窄不狭窄，而基于冠脉造影的 QFR 技术，则将血流量是否异常作为"金标准"，是全球首创。这一技术诊断准确率达 92.7%。博动医学于 2015 年起与上海交大涂圣贤教授团队合作，并于 2017 年正式成立"上海交大 – 博动医学影像技术联合实验室"，集聚 20 多位交大博士硕士和博动医学研发人员，联手攻克了心血管成像与定量分析、血流动力学等难题。目前，他们发明的全球首个基于冠脉造影快速计算新技术，成功在中国和欧洲多家医院进入临床使用，获得了中国 NMPA 三类医疗器械注册证，以及欧洲 CE 认证和美国 FDA 认证，成为全球唯一同时获此三项认证的影像 FFR 技术。

2021 年度

当好产学研深度融合的"铺路石"
——"上海产学研合作优秀项目奖"13年评选树立一批合作典型

来源：《解放日报》
记者：俞陶然
日期：2021年12月3日

"新冠疫情"暴发以来，上海恒安聚氨酯股份有限公司（简称"恒安公司"）已为医用防护服生产提供了约2 000吨亲水透湿抗菌TPU（热塑性聚氨酯）。凭借产品的技术含量，恒安公司获得高新技术企业和上海市"专精特新"中小企业认定。然而8年前，这家企业一度濒临倒闭，面对技术瓶颈，他们走上了产学研合作道路，终于在上海应用技术大学（简称"应技大"）助力下走出困境。在2021年"上海产学研合作优秀项目奖"（简称"上海产学研奖"）评选中，"基于功能纳米界面增强的TPU原位聚合技术开发及应用"项目荣获一等奖。

近年来，"上海产学研奖"树立了一批产学研合作典型，总结了一系列产学研合作经验，对国家实施产学研深度融合战略、上海建设科创中心起到了推动作用。

为科技成果转化当"红娘"

上海科技成果转化促进会（简称"上海科促会"）会长朱英磊介绍，上海产学研奖每年评选一次，是本市唯一针对产学研合作设立的奖项。作为市政协下属社团，科促会在企业和高校、科研院所之间当牵线"红娘"，承担了科技成果无偿转化"中介机构"的职能。上海产学研奖今年已是第13年评选。前12年评选中，共计139个项目获奖，涉及企业142家、高校28所、科研院所14家。

去年，上海产学研奖迎来了改革：市科协成为主办单位之一，全市16个区和全市重点科创园区均成为推荐单位，奖项数量由往年的10项左右大幅增加至28项。

今年，这个奖项延续去年的改革方案，邀请包括3位院士在内的42位专家，分成6个专业组进行评审。从96个项目预申报到30个项目进入终评，专家层层把关，从技术先进性、合作完整性和紧密度、综合效益三个方面严格评审。

"产学研合作是经济和企业发展的必由之路，做得好能成为发展的捷径，但产学研合作是个世界难题。"朱英磊说，"在产学研深度融合进程中，我们希望这个奖能起到平台和铺路石的作用。"

关注平台战略合作新趋势

当前，产学研合作已从项目合作为主转为平台合作为主，从"短平快"合作方式向长期合作、战略合作演进，深度融合特征日益明显。今年的上海产学研奖评选，始终关注这一新动态、新趋势。

获得一等奖的恒安公司与应技大合作项目，就体现了这种动态和趋势。2012—2013年，恒安公司在自主研发TPU材料时遇到了技术难题。这种材料具有拉伸强度大、耐磨耐刮擦、防老化等优越性能。"那时，进口TPU材料占了绝大多数市场份额，市场竞争的压力很大。"恒安公司总经理邵锋回忆道。要赢得市场竞争，必须在技术上取得突破。这家企业与应技大建立了合作关系，由贾润萍教授领衔，在实验室研发基于功能纳米界面增强的TPU原位聚合技术。

此后8年间，恒安公司注资上千万元，与应技大共建了TPU工程技术联合研发中心。这个产学研合作平台有完善的管理制度，促成了高校科研团队与企业的紧密合作，打造出一个"高校实验室—企业中试—市场验证—市场意见反馈高校"的闭环，让高校科研团队能及时了解市场反馈，在此基础上开展市场导向性很强的应用基础研究。

在产学研技术创新体系的支撑下，恒安公司开发的一系列功能性TPU材料已应用于医疗器械、工业线缆、家纺等诸多领域，国内行业细分市场占有率达到50%左右，近3年实现销售收入1.4亿元。

聚焦"3+6"产业技术创新

从产业角度看，近年来的评选格外关注集成电路、生物医药、人工智能这三大上海先导产业，以及电子信息、汽车、高端装备、先进材料、生命健康、时尚消费品等上海六大重点产业，不少获奖项目充分显示了这些产业的技术创新。

今年获得特等奖的"亿门级FPGA芯片关键技术及产业化"项目，由上海复旦微电子集团股份有限公司与复旦大学微电子学院合作完成,针对集成电路产业的FPGA(现场可编程门阵列)芯片,经过近3年技术攻关,基本解决了这个"卡脖子"难题,初步满足了国内通信、信号处理、图像处理等领域的需求。这个项目已形成数十款产品,应用于北斗导航、空间站等近20个国家大型工程和项目,国内航天航空市场占有率达60%以上,投产两年的直接经济效益达1.36亿元。

复旦微电子孵化于复旦大学专用集成电路国家重点实验室。评审专家认为,这家企业离开母体后仍与复旦大学科研团队深入合作,充分利用复旦在大规模集成电路设计、制造工艺方面的国内领先优势,同时结合企业在资本、生产、市场方面的优势,终于在含金量很高的一类高端芯片上打破国外技术垄断,这项产学研合作值得高度肯定。

亿门级FPGA芯片

在生物医药产业领域,2019年获得特等奖的"青蒿素人工合成中试产学研合作"项目由复星医药、上海交通大学、盖茨基金会联手完成,为青蒿素这一中国科学家发明的抗疟疾良药提供了人工合成方案。2012年7月,上海交大张万斌教授团队宣布:实现由中间体青蒿酸到青蒿素成品的人工合成,合成物收率近60%。获悉佳讯,复星医药第一时间与上海交大洽谈,签订了合作协议。2017年,盖茨基金会从中国商务部、国家卫健委获悉这个项目。经过严格评估,盖茨基金会决定无偿向复星医药提供康宁高通量微通道反应器设备,并资助45万美元配套资金,希望打通青蒿素人工合成产业化的"最后一公里"。三方融合优势资源后,进行了多批次试产,产品质量符合世卫组织标准。

这一国际合作项目,体现了上海高校的基础研究实力、上海企业的科技成果转化眼光和国际组织为人类健康服务的情怀,将让更多的国产青蒿素良药进入国际市场,为人类抗疟提供"中国智造"。

寻找接地气的产学研"金点子"
——科研成果纸变钱 更有生命力

来源：《新民晚报》

记者：马亚宁

日期：2021年12月9日

FPGA 芯片，集成电路领域含金量最高也最复杂的芯片之一，因其强大的处理能力和灵活的可重构能力，与 CPU 并称为半导体集成电路王冠上的两颗明珠，在人工智能、物联网、大数据等热点领域具有极大的应用价值和前景。由上海复旦微电子集团股份有限公司与复旦大学微电子学院合作完成，针对集成电路产业的 FPGA（现场可编程门阵列）芯片，继去年赢得上海市技术发明一等奖之后，今年又荣获了最新揭晓的"上海产学研合作优秀项目奖"特等奖。

获得特等奖的 FPGA 芯片

因为，它不仅在实验室里突破了"卡脖子"难题，更在产业中自力更生，形成了数十款产品，应用于北斗导航、空间站等近 20 个国家大型工程和项目，国内航天航空市场占有率达 60% 以上，投产两年的直接经济效益达 1.36 亿元。而作为上海唯一的产学研大奖——一年一度的"上海产学研合作优秀项目奖"，正是为了发现科研项目能够走向产业化的智慧之光，推动更多科研成果跳出论文堆，找到从"纸"变"钱"的"生命力"。

寻找产学研贯通之道

一直以来，无论国内国外，贯通产学研的"最后一公里"，都是科技成果由"纸"变"钱"的最大难题。每年评选一次的"上海产学研合作优秀项目奖"瞄准"最后一公里"，面向全市科技型中小微企业和参与产学研合作的大企业以及与之合作的高校、科研院所等，寻找接地气的产学研"金点子"。

上海已有不少科学技术奖、科技成果奖，上海科技成果转化促进会评选的"上海产学研合作优秀项目奖"与科学技术奖有何不同？上海科技成果转化促进会会长朱英磊告诉记者，产学研合作优秀项目奖的核心关键词"产学研深度融合"，必须有着明显的产学研合作特征。"当然，优秀项目奖的技术品质，也应体现上海科技创新要面向世界科技前沿、面向经济主战场、面向国家重大需求、面向人民生命健康的方向和目标。"

作为上海市唯一针对产学研合作设立的奖项，"上海产学研合作优秀项目奖"使一批产学研合作意识强、合作紧密、成果丰硕的企业、高校、科研院所获得了社会的认可和赞誉。今年，该评奖进一步优化，项目品质进一步提高。最新揭晓的2021年"上海产学研合作优秀项目奖"，共评出特等奖2名，一等奖5名，二等奖8名，三等奖15名，一批聚焦国家发展战略，契合上海先导产业，以技术先进性突破产业发展瓶颈的优秀产学研项目脱颖而出。

帮企业找到"最强大脑"

贾润萍教授深入企业开展技术攻关

大约10年前，上海恒安聚氨酯股份有限公司（简称"恒安公司"）遭遇了民营企业发展的必经阵痛，在自主研发TPU（热塑性聚氨酯）材料时遇到了技术难题。"那时，进口TPU材料占了绝大多数市场份额，市场竞争的压力很大。"恒安公司总经理邰锋回忆说，要赢得市场竞争，必须在技术上取得突破。然而，想要独立研发出这种具有拉伸强度大、耐磨耐刮擦、防老化等多项优越性的新材料，对一家起步不久的企业来说，几乎是不可能完成的任务。正在这时，与上海应用技术大学（简称"应技大"）贾润萍教授的一次偶然相逢，让企业获得了技术生机。通过与高校建立合作关系，由教授团队领衔研发基于功能纳米界面增强的 TPU 原位聚合技术，给了企业技术革新的"最强大脑"。

此后 8 年间，恒安公司注资上千万元，与应技大共建了 TPU 工程技术联合研发中心。这个产学研合作平台有完善的管理制度，促成了高校科研团队与企业的紧密合作，打造出一个"高校实验室—企业中试—市场验证—市场意见反馈高校"的闭环，让高校科研团队能及时了解市场反馈，在此基础上开展市场导向性很强的应用基础研究。在产学研技术创新体系的支撑下，恒安公司开发的一系列功能性 TPU 材料已应用于医疗器械、工业线缆、家纺等诸多领域，国内行业细分市场占有率达到 50% 左右，近 3 年实现销售收入 1.4 亿元。

"新冠疫情"暴发以来，上海恒安聚氨酯股份有限公司已为医用防护服生产提供了约 2 000 吨亲水透湿抗菌 TPU。凭借产品的技术含量，公司获得高新技术企业和上海市"专精特新"中小企业认定。遥想 8 年前一度濒临倒闭的生死关口，是产学研合作之路帮助恒安企业突破了技术瓶颈，从"求生存"走上了发展之路。在 2021 年"上海产学研合作优秀项目奖"评选中，该企业"基于功能纳米界面增强的 TPU 原位聚合技术开发及应用"项目荣获一等奖。

项目变平台实现双赢

随着上海科创中心建设形成基本框架，上海企业创新主体和技术创新核心地位更加突出，创新型企业成为产学研合作的主力军。今年获奖项目中，许多都是企业确定产学研合作攻关的项目内容、寻求合作攻关的学研伙伴、与学研方商定合作的规划、确保研发费用的投入，明确产学研各方的责权利。同时，产学研合作从"项目合作"进入"平台合作"，深度融合更明显。

例如，由上海浦景化工技术股份有限公司（简称"浦景化工"）和华东理工大学（简称"华东理工"）化工学院合作完成的"合成气制乙二醇高效催化剂生产技术"项目是"国家重点研发计划煤炭清洁高效利用和新型节能技术重点专项"。作为国家级的"专精特新"企业，浦景化工的突出技术优势得益于与华东理工长达 12 年的合作。双方共同组建了高素质研究团队，建立了工程研发中心，从一代技术研发，到二代技术升级，解决二代催化剂的工程技术与产业化问题。如今二代技术授权多地开花，根据研发贡献与市场收益捆绑的分配机制，双方还按比例共享了合作收益，进一步激发了联合团队的后续攻关

浦景化工与华东理工大学合作脉络

动力。在此基础上，浦景化工还在华东理工设立了"飞扬奖学金"，资助鼓励奋进学生；建立实习基地，在协助高校培养毕业生实践能力的同时，也为企业的后续发展提前选择了专业人才。

随着产学研合作从最初的以一个项目为合作周期的"短平快"方式，向长期合作、战略合作的深度推进，在产学研平台参与技术攻关的高校老师，不仅可按协议拿到报酬，研发的新品创下重大经济效益后，企业还给予再度奖励。很多老师将这笔奖励金作为下一个新项目的迭代资金投入，双方产学研合作的动力更强劲了。与此同时，企业和高校联合成立工程中心、实验室等，也为高校人才培养开启了更广阔的市场和产业空间。

例如，由上海东软载波微电子有限公司与华东师大微电子电路与系统研究所合作完成"高性能、低功耗射频集成电路关键技术研发"的过程中，成立的联合实验室联合培养了高质量集成电路设计高端人才，使得学生在解决实际问题的科学研究过程中，锻炼出较强的工程实践能力。而通过产学研合作，华东师大的学科建设也得到了有效发展，"微电子学与固体电子学"于2019年获批国家一流本科专业。

产学研融合加速"纸变钱",赋能经济高质量发展

——"上海产学研合作优秀项目奖"设立 13 年,见证上海科技成果转化能级不断提升

来源:《文汇报》
记者:许琦敏
时间:2021 年 12 月 10 日

第十三届"上海产学研合作优秀项目奖"日前揭晓,将于今天颁奖。本届获奖的 30 个项目或聚焦国家战略、服务上海先导产业,或瞄准"双碳"目标布局新能源和绿色技术创新。围绕共同战略目标,企业、高校、科研机构与各类社会创新资源携手并进,赋能经济高质量发展、强化战略科技力量、构建开放创新生态,在申城奏响社会效益与经济效益比翼齐飞的"创新交响乐"。

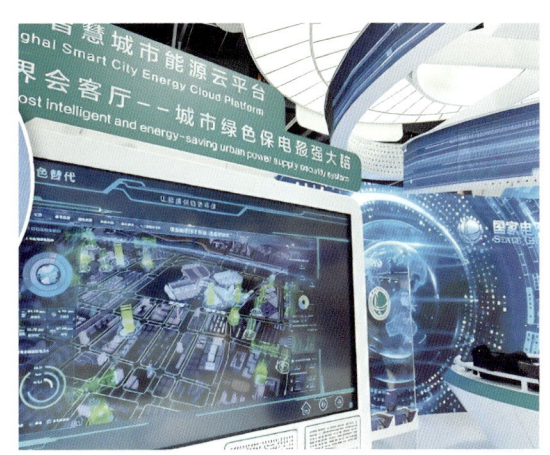

双碳目标下上海城市能源互联网电能绿色指数管理平台

作为上海为推进产学研深度融合而设立的唯一奖项,设立于 2009 年的上海产学研合作优秀项目奖,见证了上海科技成果转化能级的不断提升。从早期成立基金,鼓励企业与科研机构频频"握手",到如今通过奖项引导各类创新资源强强联合,通过平台化、制度化的深度融合疏通产业瓶颈、提升创新能级,上海产学研合作优秀项目奖的"含金量"在近几年走出了一条上扬曲线。

逾 7 000 万元资助撬动 5.5 亿元研发投入,企业家与科学家"同频共振"

"产学研深度融合是推动经济高质量发展的必由之路。"在上海科技成果转化促进会会长朱英磊看来,从过去经济与科技"两张皮"的"老大难"问题,到如今企业家与

科学家面向产业转型升级的战略需求，共攀科技高峰，这背后是两大群体理念的转变。

然而，引导企业家与科学家"同频共振"，并非易事。2003年，上海科技成果转化促进会成立，通过上海市促进科技成果转化基金启动"联盟计划"和"助推计划"，共扶持项目近1 100个，资助资金逾7 000万元，带动企业研发投入超过5.5亿元。

朱英磊说，当经济发展告别粗放型道路，走向高质量发展阶段，创新成为企业生存发展的"第一动力"，也成为企业的主动追求。

"过去，科学家与企业合作，总被认为是为了赚钱，但现在这种想法已完全改变。"华东师范大学化学与分子工程学院教授姜雪峰感触颇深。今年，他与上海茂晟康慧科技有限公司共同完成的"抗肿瘤药物艾日布林关键中间体联合开发"项目，获得上海产学研合作优秀项目奖二等奖。抗肿瘤药物艾日布林因合成难度大、成本极高，被誉为化学药物合成界的"珠穆朗玛峰"。企业与姜雪峰团队合作，通过引入低成本催化剂，提高了反应稳定性，成功将收率从28%提高到50%以上，而生产成本则降低了45%，三年累计营收1 200万元。

姜雪峰认为，产学研合作的关键在于，科学家帮助企业建起核心技术的"护城河"，让它成为细分行业领域"独一无二的那朵花"。目前，艾日布林关键中间体成为茂晟康慧公司具有核心竞争力的主营产品，大大推进了艾日布林仿制药的工业化生产，最终将推动成品药价格下降，让乳腺癌及脂肪肉瘤患者受益。与此同时，姜雪峰团队则通过攻克这一手性药物合成中的世界级难题，锻炼了科研"内功"。

企业家与科学家"同频共振"，突破关键技术，推动行业与产业发展，是本届获奖项目的共同特征。比如，特等奖项目"亿门级FPGA芯片关键技术及产业化"获得2020年度上海市技术发明奖一等奖，产品应用于北斗导航、中国空间站等近20个国家大型工程与项目；一等奖项目"氢燃料电池测试平台及测评技术应用"瞄准国家发展氢能和燃料电池技术的重大需求，所建立的测试系统、样本数据库和氢能燃料电池汽车第三方综合测评基地，规模达全国第一，市场占有率超过50%。

从"一锤子买卖"到共建研发中心，
长效机制催生产学研深度融合

产学研合作如何避免"一锤子买卖"？自2019年起，产学研合作"有协议、有框架、有制度",在上海产学研合作优秀项目奖的评选中越来越被看重。"本世纪初,我国科技成果转化领域的资金、人才都相当缺乏,中介机构也屈指可数。"朱英磊表示,通过长期探索实践,上海产学研合作的完整性和紧密度有了质的提升。近年来,上海相继出台了《上海市促进科技成果转化条例》、科改"25条"等特色鲜明的政策法规,为加速"纸变钱"营造起创新创业的良好生态。

本年度特等奖项目"大型复杂薄壁铸件制造技术及应用"背后,是中国航发商用航空发动机有限责任公司与上海交通大学材料学院近10年的默契合作。针对航空发动机关键部件的材料科学与技术难题,双方专门组建攻关团队,从项目合作到成立联合创新中心,从技术到产品,全方位解决企业迫切需求。为此,中国航发商发制定了一整套责权利明晰的合作规范。在中国航发商发输出的质控管理体系帮助下,上海交通大学材料学院在长三角建立了产业化基地,迄今采购总额已达2 000万元。

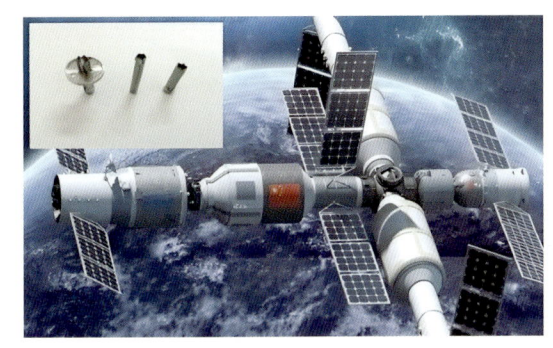

一等奖项目"增材制造用高品质钛合金粉末关键技术及应用"的成果在多项国家重大工程中被使用

纵观本年度获奖项目,"联合研发中心"一词频频出现,这或可视作上海产学研融合向纵深发展的一个明证。本届一等奖项目"增材制造用高品质钛合金粉末关键技术及应用"的成果,为中国空间站研制提供了技术支持。作为一家改制科研院所,上海材料研究所立足应用技术研究,瞄准市场高端材料研发需求,与上海航天设备制造总厂和中天上材增材制造有限公司联合进行技术创新,逐渐形成了产学研合作的长效机制。

为促进科技成果持续转化,上海材料研究所又与中天科技集团共同成立"中天上材研究院"。"每年,产业端将其在工程上遇到的真实难题和技术瓶颈提炼成研发课题,定期在研究院平台上发布。"上海材料研究所3D打印中心副主任张亮介绍,通过这些合作机制,团队技术创新方向更加明确,企业技术升级也更加高效,多方联合共同走好成果转化的"最后一公里"。

从先导产业到绿色技术,
13年评选发挥平台和铺路石作用

"科技成果转化是一个世界性难题。"朱英磊希望,在产学研深度融合进程中,上海产学研合作优秀项目奖评选能起到平台和铺路石的作用。在该奖项前12年评选中，共计139个项目获奖。从产业角度看，近年来的评选格外关注集成电路、生物医药、人工智能这三大上海先导产业。

瞄准"双碳"目标挖掘减碳潜能，本届获奖项目中的"绿色"项目占比颇高。可降解纤维材料、国产翼型风力发电机叶片、基于海绵城市建设的多路径资源再生混凝土、城市能源互联网电脑绿色指数管理平台……通过"接地气"的产学研合作，有的获奖企业获得国家专精特新"小巨人"企业认定，有的项目被认定为上海市高新技术转化项目，有的产品成为行业新标杆。

从过去一个合作项目几万元、十几万元的经费，到现在几千万元的合同金额，东华大学抓住我国纺织行业转型和产业升级的机遇，将产学研合作从单纯的"技术买卖"升级为引领行业发展。"中国的功能性纺织产品，如今已不输国外产品。"东华大学副校长陈南梁告诉记者，眼下，国内纺织行业龙头企业纷纷将创新视作生命线，科研投入逐年加大，去年尽管受到疫情影响，学校的科研经费仍实现了25%的增长，今年还将以两位数递增。除了引导教师做高水平应用基础研究，服务纺织大产业，东华大学还通过参与制定一系列纺织行业及产业规划，站到行业最前沿。

从进口到替代到出口，校企合作助力"中国智造"立体仓库"走出去"

来源：东方网
记者：傅文婧
时间：2021年12月10日

建在火山附近的自动化立体仓库要怎样抗震？多年前，一次企业与高校的携手合作，催生了两项国家标准，也令中国智能制造在"走出去"的路上更有底气。

日前，由上海精星仓储设备工程有限公司（简称"上海精星"）与东华大学合作的"数字化密集仓储协同服务关键技术研发及工程应用"项目在2021年"上海产学研合作优秀项目奖"上荣获二等奖。自2009年起，东华大学机械学院机械制造及其自动化上海市重点学科与上海市民营"百强"企业之一的上海精星仓储物流设备工程有限公司强强合作，在促进高校学科建设以及校企协同育人机制形成的同时，企业的技术创新与成果转化能力也显著提升，产品逐步实现了从"进口"到"替代"再到"出口"的历史性跨越。

菲律宾大蓝数字化密集仓储项目为当地防疫应急物资配送发挥积极作用

马来西亚宜家家居配送中心（库架合一）

校企携手，攻克企业"卡脖子"难题

"2009年的时候，市科委组织了高校老师到企业调研，征询企业研发方向的意见或

具有抗震功能的自动化仓库

建议。"谈及合作缘起,东华大学机械学院数字化制造系统与装备学科团队负责人吕志军副教授回忆道:"我所在学科团队几位老师走访了这家企业(上海精星),后来他们又到学校来交流了一次,提出了自动化立体仓库在抗震设计上的一些问题,希望我们高校能在产品抗震性能上进行改良。"

企业提出了需求,吕志军学科团队也有了合适的研究方向,可谓一拍即合。"一带一路沿线国家有很多仓库都建立在火山旁边,那里也是地震多发地区,需要攻克具有抗震功能的自动化仓库系统关键核心技术,企业才能承接这些国家的项目。"说起最初遇到的企业"卡脖子"难题,吕志军介绍道,"实际上解决抗震是一个跨学科问题,不仅需要机械专业,我们也邀请了材料、建筑、信息等专业的专家一起合作。"

从2009年起,上海精星投入了4 500万的研发资金,双方历时4年合作自主研发了数字化密集仓储成套装备与系统并实现了产业化,在智能化仓储机器人、货架轻量化设

上海仓储物流设备工程技术研究中心

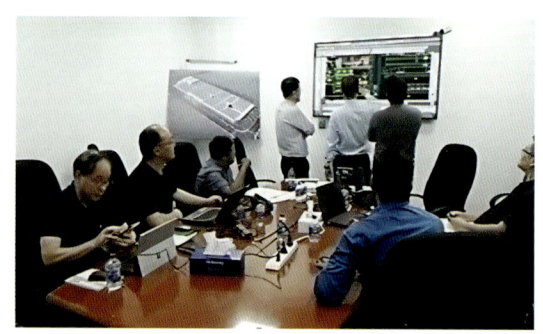

阿联酋某自动化立体仓库规划设计
中日韩专家论证会

计与检测、精密制造工艺以及数字化协同调度技术等方面取得突破,一支跨高校、跨国界、跨企业的协同创新工作团队也磨合得愈加完善。

2012年,上海仓储物流设备工程技术研究中心正式成立。2017年,项目获上海市科技进步二等奖。而企业而言,3年销售收入10个亿的成绩单,让这份投入有了令人满意的回报。

吕志军老师曾陪同企业前往阿联酋参与竞标。"那是一家生产橡胶轮胎的中资企业在那里设厂,需要建设高架自动化仓库。"之所以会协助企业出国洽谈,缘于吕志军老师学科团队参与了相关国家标准的研制,因此以咨询顾问身

份与日本、韩国等领域专家一起论证项目的可行性。

"如果说我们两个单位合作的最大成果,我觉得就是推动了两个国家标准的出台。"吕志军老师介绍,由校企合作制定的《立体仓库钢结构货架抗震设计规范》和《立体仓库货架系统设计规范》已经颁布执行,"对企业来说,可以引领行业发展。要对标国外,我们设计也有依据,有底气了。"

产学研一体,成就长远发展

从企业发展、科研突破再到学生的成长,产学研一体化合作立足当下,带来的影响却是深远的。过去 12 年里,先后已有 142 家企业、28 所高校、14 家科研院所在"上海产学研合作优秀项目奖"中获得表彰。

专业学位研究生在企业项目调试现场经受锻炼

合作项目开展以来,吕志军老师学科团队已经带出了 30 多名硕士毕业生,教研成果斐然。校企合作发表学术论文 17 篇,2017 年荣获上海市教学成果一等奖和上海市科技进步二等奖。双方还建立了东华大学-上海精星专业学位研究生联合培养基地,学生可以到生产现场见习,积累实践经验。

校内外导师联合指导专业学位研究生开展课题研究

"电子商务以及智能制造快速发展需求拉动,智造物流仓储行业目前来看在机械行业发展势头比较独特,行业产值以每年 18% ~ 20% 增长。"吕志军老师透露,从团队里有几名学生毕业后就直接去了上海精星工作,实现学习就业"无缝切换"。

报道摘录

摘自《上海科技报》2021年12月10日《用深度融合激活创新创业的"一池春水"——写在2021年"上海产学研合作优秀项目奖"揭晓之际》，记者姜晓凌。

1

创新成果从实验室到成熟产品的过程常被称为"死亡之谷"，必须在"用"上下功夫，推动产学研用深度融合，引领和发挥产学研各界在科技创新中的重要作用。"上海产学研合作优秀项目奖"通过多方协同创新，共建产学研深度融合"生态圈"，激活创新创业的"一池春水"，为上海高质量发展注入强劲动能。

冲破藩篱，从"结合"到"深度融合"

长期以来，由于客观上受到体制藩篱的制约，往往只能在体制允许的范围内开展合作，强调"企业出钱、学校和科研院所出力"，采取"点对点"的技术转让、委托研究和联合开发，多以"短、平、快"的合作项目为主，以局部的、阶段性的合作方式为主，难以实现对某些重点技术领域的持续稳定联合研究、人才培养及相应的知识创造、积累和共享，无法有效解决制约产业发展的共性问题和重大技术难题。

如今，产学研合作已从"结合"进入到"深度融合"的新阶段，长期合作、战略合作的新趋势日益明显。

今年获得一等奖的"基于功能纳米界面增强的TPU原位聚合技术开发及应用"项目，便体现了这种动态和趋势。2010年，上海恒安聚氨酯股份有限公司由于产品性能落后，几无市场，濒临倒闭。在上海应用技术大学贾润萍教授团队助力下，双方就此开展了长达13年的产学研合作之路。双方建立了以企业为主体、高校研究为基础、市场为导向、产学研相结合的技术创新体系，上海恒安聚氨酯股份有限公司注资千万，与上海应用技术大学共建"热塑性聚氨酯（TPU）工程技术联合研发中心"。最终，解决了TPU材料在国防军工、重大民用、新冠肺炎防治方面应用的关键技术问题，打破国外垄断。新冠疫情暴发以来，公司已为医用防护服生产提供了约2 000吨亲水透湿抗菌TPU，不仅具有阻隔病毒和细菌的功能，还透气透湿。相关产品2020年度全国市场占有率达到50%，在细分市场领域达到全国第一名。

契合产业，企业既是"出题人"又是管理者

产学研深度融合的关键是强化和突出企业的主体地位，并能够真正发挥主导作用。让企业既扮演科研项目的"出题人"，又能成为合作项目的管理者，有效组织开展创新活动。这种企业从生产、转化、应用方面发力，会同高等院校、科研机构进行前瞻性基础研究，深耕科技成果转化的"试验田"，促进科技同发展对接、成果同产业对接、创新劳动同权益收入对接，形成需求激发创新的有效模式，打造从知识创新、技术研发到科技成果转化、大批量生产的完整创新链条，推动重大科技成果集成转化。

为了抗击新冠疫情，筛选出治疗新冠肺炎的有效中药，上海凯宝药业股份有限公司联合上海中医药大学和上海市公共卫生临床中心，开展了以"痰热清治疗新冠肺炎作用机理及临床研究"为题的产学研医合作。在产学研医合作中，上海凯宝药业股份有限公司以院士专家工作站、上海市企业技术中心、上海市工程研究中心等为依托，充分发挥上海中医药大学的学术技术资源优势和上海市公共卫生临床中心的临床基地优势，培养了疫情用药研究的专业队伍。该研究成果在痰热清原有配方清热、化痰、解毒功能的基础上，为痰热清增加新冠肺炎适应证提供了理论依据，为临床用药提供参考；防治新冠肺炎中药多靶点药理作用，可抑制新冠肺炎患者"炎症风暴"。三方形成了紧密的产学研合作关系，强强联合，继承创新，明确责任、项目分工和利益分配，组织项目的实施运行良好，制度落实到位，人才得到培养，

新冠疫情期间，凯宝药业向重灾区捐赠疫情用药

实现了管理创新和技术创新。为抗击疫情，企业投资323.63万元，完成设备改造，新增痰热清胶囊生产设备，具备了年产胶囊5 282.6万粒的生产能力。痰热清胶囊被列入国家医保产品目录（2020），获年度上海药学科技奖（2020），企业获评上海市抗击新冠肺炎疫情先进集体（2020）。

汇智汇才汇成果。产学研深度融合是企业面临的一个长期性、系统性工程，贯穿于企业创新发展的全过程，将集聚起更多高端创新资源。

摘自《人民政协报》2021年12月18日《2021年度上海产学研合作优秀项目奖揭晓》，记者顾意亮。

2

在江海厅内，揭晓的固然是一个个奖项，实质上更是一个个让国人振奋的好消息。"突破国家急需的'卡脖子'困境，实现国内国际技术领先，上海制造业通过产学研深度融合，在各先导产业、重点产业领域发起冲击，成绩斐然。今年相关项目获奖数量、质量明显提升。"出席活动的市政协有关领导如是言。

"亿门级FPGA芯片关键技术及产业化"项目，由复旦微电子集团股份有限公司与复旦大学微电子学院从2017年8月开始合作，经过近三年时间实现了产业化，基本解决了长期被美国"卡脖子"的难题。

为打破国外对我国高品质3D打印钛合金粉末材料市场的封锁，上海材料研究所与上海航天设备制造总厂有限公司、中天上材研究院组成了一个完整的"研发–小试–中试–工程化–产业化–示范应用"的产学研用合作体系，首创了具有气体自循环超音速喷盘设计的电极感应真空气雾化钛合金粉末制备技术，解决了我国高端领域"卡脖子"基础原材料问题。

艾日布林是唯一的一种单药化疗药物，用于转移性乳腺癌等的治疗。位于张江药谷的茂晟康慧与华东师范大学开展产学研合作，完成艾日布林A片段的合成。"抗肿瘤药物艾日布林关键中间体联合开发"项目成功打破了国外垄断，将进一步推动成品药的价格下降。

"大型复杂薄壁铸件制造技术及应用"项目根据习近平总书记对于航空发动机事业的重要指示精神，由中国航发商用航空发动机有限责任公司与上海交通大学材料科学与工程学院通过紧密合作，攻克了大型复杂薄壁铸件制造的五大核心技术。

上海市科技成果转化促进会会长朱英磊告诉记者，在今年的评选中，科促会发现产学研合作已从"项目合作"进入"平台合作"，"深度融合"特征明显。他说："产学研合作已从最初的以一个项目为合作周期的'短平快'方式，向长期合作、战略合作的深度推进。我们始终关注转化工作中出现的新动态、新趋势，还将邀请政协委员参与调研、提出建议。"

摘自《新民晚报》2021年12月9日《"照镜子"共成长》，记者马亚宁。

3

产学研"一个巴掌拍不响"。从做学问、到科技攻关再到产业应用，每一环节都有着长长的创新链和产业链。研发人员对待自己的成果，认识和感情很深，不会随便怀疑自己的科研成果；但对于企业而言，它是用钱去购买技术，更看重的是产品如何以最快的速度产生效益，如果遇到技术问题，很容易产生猜疑乃至放弃。如何合纵连横，就需要有耐心的"红娘"搭平台，独具慧眼，默默投入。

"上海产学研合作优秀项目奖"十年如一日，只做一件事。今年，该奖已是第13年评选，共计覆盖了139个项目获奖，涉及企业142家、高校28所、科研院所14家，使得本市一批产学研合作意识强、合作紧密、成果丰硕的企业、高校、科研院所获得了社会的认可和赞誉。单打独斗不易，合作共赢更上一层楼，在产、学、研合作过程中，各方彼此"照镜子"，企业创新有了"真技术"，科研更具"市场心"，对高校来说，"学以致用"也日益成为科研评价体系的重要指标。

摘自《联合时报》2021年12月10日《更好推动本市产学研实现深度融合——上海科技成果转化促进会负责人就今年上海产学研合作优秀项目奖情况答记者问》，记者戚尔达。

问：这一奖项已是连续第13个年头开展评选。今年评选工作相比往年有哪些不同？

答：产学研深度融合是上海贯彻落实新发展理念、实现高质量发展的重要途径。进一步促进产学研融合、提升上海科技创新策源能力是全市社会各界的共识。如何通过这一奖项的评选，为推动产学研融合贡献"上海智慧"，是上海科技成果转化促进会一直在思考的。

今年是市政协品牌建设年。上海产学研合作优秀项目奖是科促会一项十分重要的工作品牌。2020年，评选工作相比往年有了明显提升，奖项覆盖面、获奖数量、表彰规格、媒体宣传力度等方面都达到历史最好水平。今年，上海产学研合作优秀项目奖根据上级领导对该奖"评奖工作质量要继续提高，影响要继续扩大"的要求，主办单位对该奖的评选组织工作作了优化。一是申报范围更宽，二是评选标准和过程更严，三是评审专家的专业层次更高。经过共53个专家参加的初评、复评、终评三轮评选，2021年共评选出上海产学研合作优秀项目奖30个，其中特等奖2名，一等奖5名，二等奖8名，三等奖15名。颁奖表彰后，科促会还将选择典型性、示范性强的项目，编纂《上海产学研合作优秀案例选》出版，以扩大引领和示范效应，擦亮这一工作品牌。

问：我国提出碳达峰碳中和战略目标后，社会各界都十分关注如何通过科技创新推动产业升级实现这一战略目标。今年获奖项目中是否有聚焦碳达峰碳中和战略目标的典型项目？

答：今年有不少参评获选项目聚焦"双碳"战略目标，着力新能源和绿色环保研发创新。

比如今年获得一等奖的"氢燃料电池测试平台及测评技术应用"。该项目由上海机动车检测认证技术研究中心有限公司与同济大学、上海重塑能源科技有限公司合作完成。在国家"将发展氢能和燃料电池技术作为重点任务"的指引下，本项目建立了氢燃料电池测试平台，该平台在降低产业链内其他企业研发门槛和提高整体设备利用率的同时，促进了先进技术的消化和验证，从而进一步促进和保障氢燃料电池汽车产业有序发展。项目针对氢能燃料电池及系统开发的测评平台及相应技术，研发了填补国内空白的集装箱式模块化燃料电池发动机测试系统，建立了国内最大的燃料电池发动机样本数据库，建设了国内首个过万平方米的氢能燃料电池汽车第三方综合测评基地，项目综合技术达到国内领先，国际先进水平。

此外，还有不少项目关注海绵城市建设的多路径资源再生混凝土技术与应用、城市能源互联网电能绿色指数管理平台研发与应用等，预计也将为碳达峰碳中和战略目标的实现发挥应有作用。

2022 年度

产学研合作新模式深度赋能高端制造

来源：《经济参考报》
记者：董雪
时间：2023 年 3 月 23 日

  一年一度的"上海产学研合作优秀项目奖"（简称"上海产学研奖"）近日出炉，新一批 40 个产学研合作典型项目受到表彰和推广。值得一提的是，其中七成来自集成电路、生物医药、人工智能等高端制造领域，包括沪东中华联合科研院所开发 LNG 燃料加注船工程化技术，上海交大附属仁济医院实现新一代宫颈癌体外诊断试剂产业化等。

  业内人士指出，近十余年来，产学研合作的完整性、紧密度更高了，并且出现"产学研用链""新母子共同体"等新模式，进一步为高端制造赋能。

一对多整合"链"上资源

卡斯柯汶水路模拟实验室

  上海科技成果转化促进会（简称"上海科促会"）会长朱英磊介绍，一些产学研合作的"链"化趋势明显，即以领军企业为龙头，携手学科优势明显的高校、科研院所，带动产业链上、下游企业，针对行业共性难题开展协同攻关，实现核心技术突破。

  从"一对一"单线合作，进化到"一对多"整合资源。"我们联合上海地铁等产业链上下游企业和院校成立'轨道交通无人驾驶列控系统工程技术研究中心'，研发方面与同济大学、上海交通大学、华东师范大学、西南交通大学等多所高校合作，集多家之长。"卡斯柯信号有限公司技术总监汪小勇说。该公司牵头的"轨交高可靠全自动运行系统及其数字验证平台研究与应用"此次获特等奖。

除市场需求外，科技协同攻关也促进了"链"的形成。具体来看，国家科技专项带动产学研协同创新，集聚企业、高校、科研院所的优势力量开展攻关，在突破关键核心技术之后，相关各方的产学研合作依旧能够延续。

同样获得特等奖的"LNG燃料加注船工程化开发"正是源于这样的科技专项。上海科技成果转化促进会介绍，国际海事组织实施"限硫令"拉动了LNG燃料加注船市场。沪东中华造船（集团）有限公司以国内首制的18 600立方米LNG燃料加注船研制为抓手，整合上海交通大学、上海船舶运输科学研究所两大头部单位的资源，通过产学研合作系统解决了LNG燃料加注船设计、建造的共性技术。

全球首制18 600立方米薄膜型LNG加注船

背靠"源头活水"持续产出

获奖的产学研项目里，还有一类"新母子共同体"模式。企业依靠原高校"母体"，或企业创始人的母校，建立合作机制，充分利用该高校的科研资源，形成责权利清晰、产学研一体的合作形式，并不断深化，不断取得丰硕成果。

"上海交通大学的机械与动力工程学院很强，孵化出了企业交大智邦。交大智邦通过与上海交通大学、上汽通用产学研合作，研发出相关国产制造装备，并且实现从'可用'到'好用'的转变。"朱英磊以一等奖项目"轿车动力总成零件国产装备与工艺验证平台建设"为例介绍说。

类似产学研"新母子共同体"模式的还有二等奖项目"锐华工控安全嵌入式实时操作系统产品研发与产业化应用"、三等奖项目"道路多维高频检测装备和智能养护技术及应用""沉管隧道水下施工检测与监测技术研究及应用"等。

源头活水不止于高校，还有医院。多年前，上海交通大学医学院附属仁济医院的医生何以丰在临床中发现，宫颈癌病毒变异频繁，但当时的诊断试剂灵敏度不够。得益于丰富的临床和科研资源，团队研发出一系列国产宫颈癌体外诊断试剂，并与复星诊断、怡舸生物合作推动产业化。"我们研发的诊断试剂已累计服务5 000万人次，单人份试剂出厂成本仅为进口试剂的5%至10%。"何以丰说。

搭好平台助跑产业

记者采访获悉，"上海产学研奖"是上海市为推进产学研深度融合设立的唯一奖项，由上海科技成果转化促进会、上海市教育发展基金会创设，随着影响力进一步扩大，上海市科协也成为主办单位之一。2009年以来每年评选一次，累计评选出209个获奖项目。

"早在本世纪初，上海市政协已着手考虑在企业和高校间搭桥梁。"朱英磊说，当时中小微企业对科技的需求强烈，但中间平台供给不强，作为参政议政的平台，上海市政协为全面贯彻落实上海科教兴市战略，于2003年9月正式成立上海科技成果转化促进会。

同年，上海科促会推出"联盟计划"和"助推计划"，分别为有科技需求的企业对接科研机构，帮助科研机构找市场转化成果。

后期，随着政府部门支持中小微企业的力度加大，社会上的科技成果转化促进平台雨后春笋般出现，"科促会的历史任务已经完成，助推产学研深度融合的方式也要与时俱进。"朱英磊说，"上海产学研奖"应运而生，"希望用奖项的影响力和带动性，激励有代表性的产学研项目，宣传产学研理念，总结并推广产学研经验，在提高科技成果转化和产业化上发挥'呐喊者'和'助跑者'作用。"

"产学研合作成功的关键在于规划目标明确、责权利明晰、组织机制严谨、运作紧密高效。"朱英磊总结说，"合作机制是校企产学研稳定运行的基本保障，获奖项目探索出的产学研合作经验，可以为正在摸索产学研合作的项目所借鉴。"

产学研合作模式多样 紧密度提升

——"上海产学研合作优秀项目奖"揭晓，基本涵盖上海三大先导产业和六大重点产业

来源：《解放日报》

记者：俞陶然

时间：2023 年 3 月 23 日

2022 年度"上海产学研合作优秀项目奖"（简称"上海产学研奖"）今天揭晓，40 个项目获奖，是这个有 14 年历史的大奖授奖数量最多的一次。轨交高可靠全自动运行系统及其数字验证平台研究与应用、LNG 燃料加注船工程化开发、新一代宫颈癌体外诊断试剂的临床研究成果转化和应用……这些项目或立足国家重大发展战略，促进产业转型升级；或关注民生所需，提高人民生活品质；或打开全球视野，响应国家"一带一路"倡议。

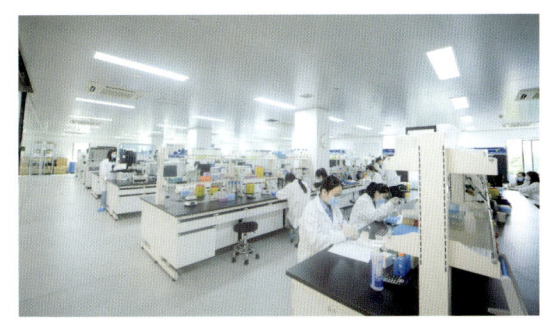

试剂研发

获奖的背后，是产学研合作模式的确立和完善。上海科技成果转化促进会（简称"上海科促会"）将这些模式的共性特点概括为：规划目标明确、责权利明晰、组织机制严谨、运作紧密高效、各取一举数得。从 2022 年度获奖项目来看，出现了一些值得推广的合作模式，如"母子共同体"模式，即企业紧紧依靠高校"母体"，充分利用高校的科研资源，形成责权利明晰的合作机制；又如"临床—产学研合作"模式，即医院从临床难题出发开展科研攻关，然后与医药企业合作，将成果转化为产品并应用于临床，最终使患者受益。

获奖项目涵盖上海"3+6"产业

党的二十大报告指出："加强企业主导的产学研深度融合，强化目标导向，提高科

技成果转化和产业化水平。"作为上海为推进产学研深度融合而设立的唯一奖项,"上海产学研奖"旨在宣传产学研合作理念,总结产学研合作经验,树立产学研合作典型。特别是近三年来,"上海产学研奖"评选质量有明显提高:拓宽了渠道,覆盖全市 16 个区和主要科创园区;优化了评选组织,更加严谨;增加了奖项数量,从以往的每年 8～10 个增至 2021 年度的 30 个、2022 年度的 40 个。

"去年,两位院士领衔评选出的获奖项目,基本涵盖了上海三大先导产业和六大重点产业。"上海科促会负责人介绍,"国有企业、民营企业各领风骚,与企业合作的高校、科研院所比往年更多,产学研合作的完整性和紧密度也更高了。"

合作单位用制度解放科研人员

摘得一等奖的"新一代宫颈癌体外诊断试剂的临床研究成果转化和应用"项目,就属于上海三大先导产业中的生物医药产业,由上海交通大学医学院附属仁济医院与两家民营企业合作,其成果在国内率先解决了宫颈癌新一代筛查方案中技术、成本等问题,打破国外垄断,保障了女性健康权益,经济和社会效益显著。

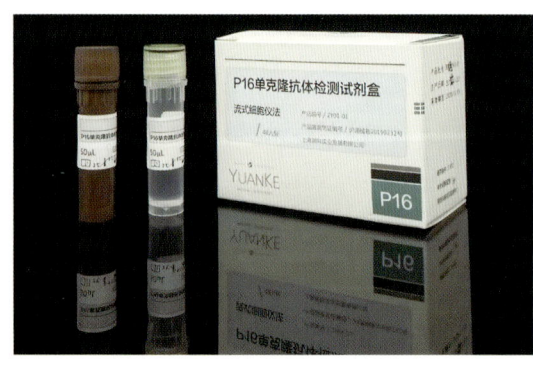

国产 p16 免疫标记试剂

这个合作项目始于 2004 年。当时,我国宫颈癌的发病率在持续上升,且呈年轻化趋势。传统的巴氏涂片筛查方案漏诊率高,难以满足日趋严峻的防治需求。因此,欧美企业研发的人乳头瘤病毒(HPV)核酸检测产品大举进入,垄断了国内市场。能否研发出国产 HPV 核酸检测和 p16(与病毒致癌机制相关的功能标志物)免疫标记试剂?仁济医院走上了自主研发和产学研医合作道路。

回首 18 年的合作历程,仁济医院妇产科研究员、课题组组长何以丰说:"产学研合作是靠人来做的,所以医院和科研单位要用制度解放人,让科研人

企业研发人员与医院科研团队联合攻关

员能把更多的精力投入合作。"由于仁济医院支持科研人员与企业深度合作，何以丰不必每天待在医院，而是经常去复星诊断、怡舸生物两家企业，与企业员工探讨科研成果的转化和产业化工作。另一方面，院方也向企业敞开大门，让企业研发人员进入仁济医院实验室，与医院科研团队联合攻关。

在"临床—产学研合作"模式中，医院与企业实现了人员互认、相互兼职、技术渗透、成果共享。医院技术负责人作为项目管理执行人，代表医院参与企业生产环节的管理，并监督企业横向课题的设立和资金到位情况。企业负责人保证参与成果转化和技术开发的人员得到绩效工资和股权激励。

这种"双向奔赴"实现了双赢：多款自主研发的HPV和p16体外诊断试剂获批上市，已在全国28个省区市应用，准入医院超过500家，服务人群5 000万人次，总产值12.5亿元。由于技术达到国际领先水平，美国和澳大利亚企业正在与上海企业洽谈，希望引入"中国智造"。

校企实现人才与成果"双转移"

另一个一等奖项目"轿车动力总成零件国产装备与工艺验证平台建设"来自高校和企业。合作方之一的上海交大智邦科技有限公司由上海交通大学、临港集团和科研团队共同出资组建，它与上海交通大学的合作体现了"母子共同体"模式。企业与高校"母体"联手攻关，将企业的产业化优势与高校的科研、人才优势紧密结合，在临港建成了一条"发动机缸盖、变速器阀体柔性混线制造验证线"。

之所以要建这条验证线，是为了突破国产高端数控机床的应用瓶颈。上海交通大学教授习俊通介绍，国产高端数控机床已经问世，但很少有机会组成产线，因为国产机床的可靠性、精度保持性不如一些进口产品，制造业企业不太愿意使用，这就形成了一种恶性循环。如何让国产机床"连点成线"？在国家科技重大专项支持下，交大智邦建成了临港验证线，其整机装备国产化率达到100%，可开展从轿车动力总成零件毛坯到成品的全过程加工、测试与验证。

目前，上汽通用正在使用交大智邦设计的发动机缸体生产线，给出的评价是："精度和效率高，可靠性好，综合性能指标达到国际先进水平，可等效替代进口。"

进口替代的背后，是"母子共同体"模式实现的人才与成果"双转移"。上海交大3位教授带着职务发明成果进入交大智邦，担任总工程师、首席专家等重要职务。任职期间，上海交大全权委托公司对他们进行绩效考核，并由公司承担人力成本，让教授能心无旁骛地投身成果转化和企业研发工作。上海交大还派出机械工程、电子信息、材料工程等专业的青年科研人员参与这个产学研合作项目，其中3人在项目期间获得博士学位，60人获得硕士学位，还有5位博士和4位硕士被交大智邦留用。

上海科促会负责人表示，这一模式使高校科研人才可以在企业运作机制下，专注地发挥技术研究优势、知识积累和传承特长，促进教育、科技、人才"三位一体"统筹部署。

模式创新为科技成果转化贡献更多"成功之钥"

——"上海产学研奖"设立14年，奖项不断增多影响持续提升

来源：《文汇报》
记者：许琦敏
时间：2023年3月23日

第十四届"上海产学研合作优秀项目奖"（简称"上海产学研奖"）今天揭晓并颁奖。本届共有30个项目获奖，并首设10个提名奖，项目申报、推荐首次覆盖全市各区。

这些获奖项目有的立足国家重大发展战略，以产学研合作带动科技创新，促进产业转型升级；有的关注民生所需，坚持科技发展服务民生改善，提高人民生活品质；有的打开全球视野，围绕国家"一带一路"倡议，勇敢"走出去"。

更值得一提的是，在深化产学研合作、协同攻关突破核心技术的过程中，这些获奖项目探索出了不少模式创新，以自身的"成功之钥"，为促进上海产学研深度融合"深蹲助跑"。

首次覆盖全市，产学研"唯一奖"影响力不断提升

作为上海为推进产学研深度融合而设立的唯一奖项，"上海产学研奖"自2009年创设以来，影响力不断提升。

"2021年起，'上海产学研奖'的奖项数量从以往的每年8～10个，提升到了30个，今年又增设了10个提名奖。"上海科技成果转化促进会会长朱英磊认为，这背后是以企业为主导的产学研走向深度融合，科技成果转化与产业化整体水平不断提高的表现。在科促会、上海市教育发展基金会、上海市科协三个主办单位的努力下，本届"上海产学研奖"的申报首次覆盖了全市16个区和主要科创园区。

14年来，在"上海产学研奖"的鼓励和推动下，不少企业在一次次参评中持续提升对产学研合作、科技成果转化的认知，并将其转化为企业前行的一股动力。

在本届获奖名单上，重塑科技与同济大学合作开展的"重载商用车氢燃料电池发

重塑科技研发中心

动机研发及产业化"项目获得一等奖。2021年,重塑科技作为该项目的参与单位,第一次参与了"上海产学研奖"的申报。他们由此了解到,"上海产学研奖"是经上海市科委批准、国家科技部备案的上海市唯一的产学研奖项,具有权威影响力。"结合我们自身优势,以及多年来与同济大学的良好合作,我们今年积极牵头申报了这一奖项。"重塑集团董事长兼总裁林琦表示,此次他们的获奖项目投产以来市场反馈良好,期待携手产学研伙伴突破更多核心技术难题,共同引领行业发展。

外高桥造船实验车间中的喷砂除锈爬壁机器人

上海外高桥造船有限公司此次将第三次登上"上海产学研奖"的领奖台。瞄准相关技术难点的攻克,公司多年来通过广泛深入的产学研合作,不断提升制造能力。从2017年首度获奖时共同参与申报的哈尔滨工业大学、江苏科技大学、上海海事大学,到今年的上海交通大学、上海理工大学,外高桥造船公司的合作伙伴不断拓展。据介绍,通过"上海产学研奖"的申报,科研人员凝练工作的能力得到提升,同时也在评奖与交流中拓展了思路。此次的获奖项目通过可持续产学研合作,研发了喷砂除锈爬壁机器人,申请发明专利15项、软件著作权2项,投入使用后为外高桥造船公司节省了一年数百万元的除锈设备进口费。

立足国家战略,促进产业转型走向国际高端

科技自立自强,离不开企业立足国家重大发展战略,不断夯实创新实力,以产学研带动科技创新,促进产业转型升级。此次获奖项目中,约有70%将产学研合作的目标锚定于国家重大发展战略,尤其在先进制造、新能源与环境保护、新材料等领域,展现出了强劲的发展势头。

乘坐上海地铁10号线,你会发现,列车头尾车厢没有了驾驶室,也未见驾驶员。

这里所应用的"轨道交通高可靠全自动运行系统"获得了本年度"上海产学研奖"特等奖。

目前，轨道交通在超大一线城市的公共交通中所占比重已超过50%，安全、平稳、准点、舒适已成为轨交运行的"刚需"，而可靠、稳定的轨交信号系统又是实现这一"刚需"的基石。

围绕国家轨道交通发展战略需求，卡斯柯信号有限公司与同济大学、上海地铁开展了长期稳定的产学研合作。通过共建技术研究中心，他们突破了我国在智能交通领域对国外的技术依赖，取得了上百项专利，形成了具有自主知识产权的核心技术。近年来，团队还采用数字孪生技术，形成了全自动运行系统的数字验证平台，大大加速了"轨交无人驾驶系统"在各地工程中的顺利安装投运。

特等奖项目"轨道交通高可靠全自动运行系统"模拟车站乘客服务中心

短短几年，卡斯柯的相关列车控制系统已在28个城市的上百条线路上运行，其中5条为全自动运行线路。此外，这些系统产品还响应"一带一路"倡议，成功推广至中国香港、老挝、乌兹别克斯坦、埃塞俄比亚等地区与国家，三年来销售收入超过17亿元。

突破高端制造"卡脖子"难题，让国产装备实现从"可用"到"好用"转变的上海交大智邦科技有限公司，今天走上领奖台，捧起"上海产学研奖"一等奖的奖杯。

轿车发动机的生产，对机床设备有着极高要求，而国产高端数控机床产品却因工艺适应性、加工可靠性、精度保持性、联线匹配性与进口装备差距较大，难以应用到汽车领域。

2017年，针对这一"卡脖子"难题，上海交通大学与上汽通用汽车有限公司在国家重大专项的支持下，开展联合攻关。双方共同成立的上海交大智邦科技有限公司，担起了攻关"主力军"的重任。2020年至今，交大智邦已为全国汽车行业提供多条国产产线，新增销售收入超1.6亿元。

如今，"先验证、后应用"的交大

一等奖项目"轿车动力总成零件国产装备与工艺验证平台建设"建立的上海临港发动机缸盖、变速器阀体柔性混线制造验证线

智邦模式得到国家工信部的高度认可，认为该模式解决了国产高端数控机床在汽车领域的验证难题。自2019年开始市场化运作后，交大智邦的客户已涵盖汽车、航空航天、工程机械等领域，在高端加工装备和工业换产AGV等细分市场居上海前三。

模式创新升级，"链式集群"接连涌现

创新，就是要做他人没能做成的事。突破"无人区"，不仅需要勇气和毅力，还需要"招无定式"的创新思维，不断优化创新资源的组织与协调模式，实现更多"从0到10"的突破，孕育创新"核爆点"。

"在本届'上海产学研奖'获奖项目中，我们欣喜地看到，涌现出了不少有别于传统产学研模式的创新模式。"朱英磊告诉记者，行业"产学研用链""新母子共同体"等模式的出现，意味着做创新发展先行者的上海，在产学研合作上，也在持续探索新模式，积累新经验。

交大智邦就是"新母子共同体"模式的一个典型案例。"以往高校与企业联合成立公司，往往由于与'母体'分割不清晰，在科技成果转化中产生一系列矛盾，严重的甚至导致项目夭折。"科促会项目评选负责人章庆钢介绍，交大智邦成立后，通过市场化聘用方式引进三位交大教授，让他们带着创新成果兼职创业，推进人才与成果"双转移"。在企业任职期间，上海交大全权委托公司对三位教授进行日常管理和绩效考核。"这种模式真正使得高层次科研人才在企业的运作机制下，专注发挥其技术优势、知识积累和传承的特长。"

生物医药是上海三大先导产业之一。在本届获奖项目中，出现了一批"从医院到企业"的优秀转化项目，它们在探索临床成果转化路径上，进行了大量有益尝试。

"摸着石头过河"是本届一等奖获奖项目"新一代宫颈癌体外诊断试剂的临床研究成果转化和应用"团队的深切感受。"十几年前，在成果转化合作之初，国家相关制度尚不健全，要实现医企协同需要不断'破冰'。"仁济医院原副院长、妇产科主任狄文教授表示，一项突破性成果，从医院形成专利走向企业，再通过企业将其转化成诊疗产品和工具，最后又回到医院用于临床，需要从无到有建立起一整套技术实施方案、企业标准化生产体系和临床考核方案，"这不仅最终降低了宫颈癌的发病率，也促进了企业的技术革新，增强了盈利能力。期待这样的产学研医合作体系能继续深化发展，创造更多佳绩"。

看"金点子"变成"金手指"
——上海产学研唯一奖项"上海产学研合作优秀项目奖"揭晓

来源:《新民晚报》
记者:马亚宁
时间:2023 年 3 月 23 日

科研论文里"金点子"不少,可真正能撬动产业新赛道的"金手指"不多。在上海,却有一条从科研"金点子"到产业"金手指"的快车道——坚持了整整 14 年的"上海产学研合作优秀项目奖"(简称"上海产学研奖")。它是全国最早,也是上海至今唯一助推产学研深度融合的奖项。

今天揭晓的 2022 年度"上海产学研合作优秀项目奖",评选出特等奖 2 个、一等奖 5 个、二等奖 8 个、三等奖 15 个、提名奖 10 个,是新一批的"产学研"创新之星,他们不仅涵盖了上海三大先导产业和六大重点产业,更将科技创新"金点子"与撬动产业的"金手指"融于一身。

寻找产学研"成功密钥"

"上海产学研合作优秀项目奖"2009 年创设,经市科委批准并报国家科技部备案,由上海科技成果转化促进会、上海市教育发展基金会、上海市科学技术协会(2020 年加入)主办。"上海产学研奖"面向全市科技型中小企业和参与产学研合作的大企业,以及与之合作的高校、科研院所,基本条件是项目技术先进,产学研合作程度高,综合效益好。该奖旨在宣传产学研合作理念,肯定产学研合作先进,总结产学研合作经验,树立产学研合作典型,是上海为推进产学研深度融合而设立的唯一奖项。

"上海产学研奖"每年评选一次,14 年来,该奖在市经信委、市科委、市教委和市工经联等方面的支持下,共评出奖项 209 个,先后有 200 家企业、43 所高校和 32 家科研院所获此殊荣。特别是近三年来,"上海产学研奖"的朋友圈越来越广,拓宽了渠道,覆盖全市 16 个区和主要科创园区;优化了评选组织,更加严谨;产学研"明星"越来越多，奖项数量由以往的每年 8～10 个，增加到了去年的 30 个，今年的 40 个。来自不同科研和产业领域的获奖项目，走出了各自的"产学研"通路，他们手中的"成功密钥"越磨越精，揭示出"善于站高确立目标，善于发现自己不足，善于找到优质资源，善于形成有效合作，善于不断举一反三"，是贯通"产学研"坦途的重要创新能力。

今年的 40 个获奖项目，来自国有企业和民营企业者平分秋色，每个项目背后都有着高校或科研院所的"智慧大脑"，产学研合作的完整性、紧密度更高。获奖项目中，既有立足国家重大发展战略，以产学研合作带动科技创新，促进产业转型升级的项目，例如荣获特等奖的"LNG 燃料加注船工程化开发"、一等奖的"轿车动力总成零件国产装备与工艺验证平台建设"等；也有关注民生所需，坚持科技服务生活的"百姓项目"，例如由上海交通大学医学院附属仁济医院与复星诊断科技（上海）有限公司、怡舸生物科技（上海）有限公司合作的"新一代宫颈癌体外诊断试剂的临床研究成果转化和应用"等。同时，还有一大批产学研协同攻关突破的核心技术，围绕国家"一带一路"倡议，勇敢"走出去"。

卡斯柯信号有限公司产学研合作项目研发成功并取得轨道交通全自动运行系统的核心技术

产学研探索模式创新

"获奖项目之所以能脱颖而出，正是得益于产学研合作各方的深度融合。"在上海科技成果转化促进会会长朱英磊看来，今年获奖项目产学研合作的整体性、紧密度和多样化又有了新进步，无论企业还是科研单位的产学研能力不断增强。"走通产学研之路的企业，往往善于提出合作目标和攻关课题，全力提供和整合人员、资金、场地等资源；高校和科研院所则能理解企业需求，发挥理论分析、实验论证等优势。双方优势互补，强强联合，在产学研深度融合的模式上，擦出了许多创新火花。"

例如，获奖项目"5G 大规模天线信道模拟器研发与应用"，由生产企业、科研机构、应用单位等具有产业链上下游供需关系的各个单位，形成行业"产学研用链"。即以领军企业创远信科为龙头，负责总体方案设计、系统集成及工程化开发、高速基带关键技术研究与模块设计,以及 5G 低频段大规模多通道射频模块研制;携手学科优势明显的高校、科研院所:东南大学负责 5G 毫米波大规模多通道模块研制及 5G 大规模 MIMO 信道模拟方法研究,中电 41 所开展仪表级毫米波关键技术研究,信通院进行 5G 信道模拟测试方法与标准研究……形成样机后,中兴进行互操作测试验证,最终带动产业链上、下游企业,针对行业共性难题开展协同攻关,使得我国信道模拟器技术成功迈出自主创新"第一步"。

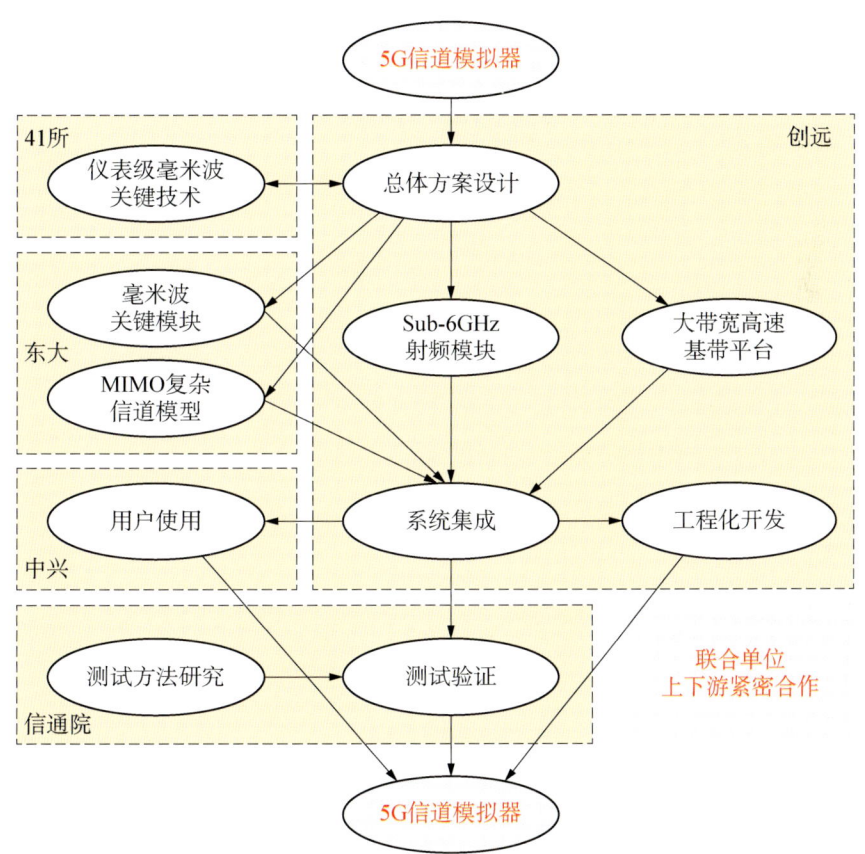

创远信科与子课题单位项目合作分工图

除此以外,"新母子共同体"模式,"临床—产学研合作"模式,"指令—产学研合作"模式……一系列全新的产学研合作模式在不同的科研领域,产业赛道上创新探索,将一篇篇科研论文中的"首次",真正落实为产业发展中的"首单"产品。此次获得一等奖的"轿车动力总成零件国产装备与工艺验证平台建设",由上海交大智邦科技有限公司与上海交通大学、上汽通用汽车有限公司承担,解决了国产高端数控机床在汽车领域的验证难题,建设了采用国产装备的动力总成关键零件加工工艺与装备集成验证平台,

2020 年起已为全国汽车行业提供多条国产生产线，新增销售收入约 1.6 亿元。

据介绍，交大智邦脱胎于交大，由上海交大、临港集团与研发团队出资组建。企业紧紧依靠"母体"，将高校资源充分整合并加以利用，同时推进全员持股，聘请职业经理人管理，实现"风险共担、收益共享"，按照"贡献大小分配""共同完成的技术秘密成果，各方均有独自使用的权利"等原则规定知识产权归属。同时，在产学研深入融合中，实施创新联培模式，通过"教授＋行业专家＋研究生"企业实景化培养，促进人才培育。

"救命药" 再小众也要研发
——三方通力合作，一等奖项目走出实验室

来源：《新民晚报》
记者：马亚宁
时间：2023年3月23日

有些特殊药物平时很小众，药到用时方恨无。上海上药第一生化药业有限公司与复旦大学附属华山医院、上海市食品药品检验研究院承担的"多黏菌素B的技术突破与产业化"就是其中之一。他们历时6年，最终成功研发目前国内唯一有效治疗多重耐药革兰阴性菌感染的药物，综合技术达到国内领先水平，获3项中国发明专利，1项同族发明专利获日本、美国授权。此次，荣获"上海产学研合作优秀项目奖"一等奖。2015年，天津滨海新区特大火灾爆炸事故致多人受伤，其中很多伤者因皮肤烧伤而导致绿脓杆菌感染。这种感染一旦得不到及时救治将会导致败血症而死亡。多黏菌素B对烧伤后绿脓杆菌感染合并败血症的抢救非常有效。然而，该药工艺复杂、质量难控制且缺少临床评价，国内一直没有生产。虽然该药日常需求量小，但一旦有重大安全事件发生，多黏菌素B就是"救命药"。为了挽救患者生命，上药第一生化主动承担起社会责任，对抗菌药物开展研究、生产。从研发到生产，这款"救命药"借助高效深度的产学研合作——三方共建的"多重耐药菌治疗用药关键技术平台"，快速走出实验室。在"多重耐药菌治疗用药关键技术平台"上，项目各方发挥生产技术研发、临床研究、质量控制的优势，快速研发出这一应急的药物。目前，项目成果已经上市，在临床上具有不可替代性的作用。产品自2020年投产以来，产品临床应用已遍布全国30个省区市，全国准入医院224家，累计销量140余万支，至今从死亡线拉回近3万患者，贡献巨大。同时，该产品对重症新冠肺炎治疗也起了一定的作用，研制出的药物注射用硫酸多黏菌素B更成为治疗超级细菌感染的最后一道防线。

十八年携手合作砥砺前行，新一代宫颈癌体外诊断试剂为妇女带来福音

来源：东方网

记者：傅文婧

时间：2023年3月25日

宫颈癌是威胁女性健康的"红颜杀手"，近年来，国内宫颈癌发病率持续上升，且呈年轻化趋势。

在日前举行的2022年"上海产学研合作优秀项目奖"表彰大会上，由上海交通大学医学院附属仁济医院（以下简称"仁济"）、复星诊断科技（上海）有限公司（以下简称"复星诊断"）和舸生物科技（上海）有限公司（以下简称"怡舸生物"）展开产学研医合作的"新一代宫颈癌体外诊断试剂的临床研究成果转化和应用"荣获一等奖。

2000年以来，原巴氏涂片筛查方案由于技术手段落后，漏诊率高，难以满足国内日趋严峻的防治形势需求。此时，国际宫颈癌筛查方案发生了根本变革，学术界已经明确90%以上宫颈癌由人乳头瘤病毒（HPV）引起，为此，在宫颈细胞学检查（巴氏涂片、液基薄层片等）基础上引入了HPV脱氧核糖核酸（DNA）检测和基于p16（与病毒致癌机制相关的功能标志物）的细胞病理鉴别诊断技术。

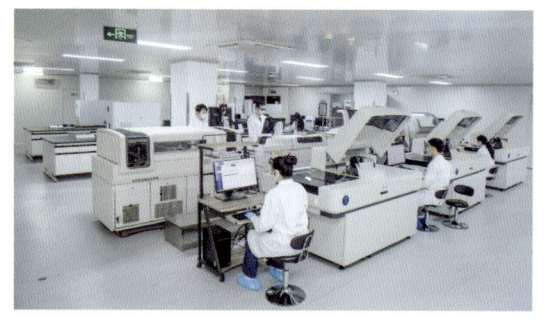

仁济医院与复星科技开展产学研合作

临床需求为导向，探索自主研发国产化

2003年左右，仁济妇产科临床研究工作者就注意到国内宫颈癌筛查和诊断试剂被国外技术、国外产品垄断的后果，而且在应用HC2和CINtec这些国外诊断试剂的过程中，很快就发现了它们的固有技术缺陷如：核酸检测灵敏度、分型定量能力、免疫标记难度

等。于是，仁济医院联合当时上海市第一妇婴保健院、复旦大学附属红房子医院的临床专家和教授，逐步探索出了一条自主研发国产化HPV核酸检测、p16免疫标记试剂的道路。

为能将新一代宫颈癌筛查和诊断技术，主要是病因学指标人乳头瘤病毒（HPV，human papillomavirus）核酸分型定量检测技术，以及危险度分层指标p16蛋白定量检测技术转化为临床可用工具，推广到全国，以阻遏国内2000年后迅速抬头的宫颈癌发病率，自2004年起，仁济医院妇产科（上海市妇科肿瘤重点实验室）与复星诊断、怡舸生物经过18年的产学研医合作，将新技术转化为一系列体外诊断用医疗器械产品。

在长期合作过程中，合作各方充分发挥各自优势，经过多轮次多中心临床试验，成功注册和生产了多个类别、批次的新一代宫颈癌体外诊断试剂。其中，复星诊断承担制造的"多亚型HPV核酸检测试剂盒（PCR法）"自2008年获得国家药监局注册证后，持续更新换代至今；怡舸生物公司承担制造的"p16单克隆抗体检测试剂盒（流式细胞仪法）"自2018年获地方药监局备案许可后，已推广到全国28个省、市、自治区。这些产品在很大程度上重塑了国内宫颈癌防治医疗服务体系，形成了更为系统、科学合理、符合国际当代理念和诊疗思维的高灵敏度筛查、危险度分层管理的新模式。

仁济临床研究人员针对进口HC2产品只能检测13种高危型HPV且无法对病毒进行逐一分型定量检测的技术弱点，设计了能够同时检测出100多种HPV亚型（或称：基因分型）并精确定量的多聚酶链式反应（PCR）简并引物和探针；针对国际上后来建立起来的HPV基因组致癌机制，开发了能够确定HPV感染物理状态的整合态HPV PCR检测新技术；针对p16免疫细胞化学法标记过程复杂、染色结果不稳定、诊断主观性强等缺点，制备了能够满足高通量自动化检测需要的p16蛋白专一识别性单克隆抗体（流式细胞仪用途）。这些研发成果填补了国外进口试剂留下的技术空白，大幅提升了临床对宫颈HPV感染和病理分子分型检测的周密性和精准度，是具有代际性的诊断技术升级工作。

这些技术升级换代成果经过合作企业复星诊断、怡舸生物的原理消化、技术理解、试剂盒试制、生产车间中试、GMP批量生产、国内多中心临床试验和药监局注册备案，最终转化为"人乳头瘤病毒核酸检测试剂盒（PCR-荧光探针法）""人乳头瘤病毒（HPV）基因分型检测试剂盒（荧光PCR熔解曲线法）""p16单克隆抗体检测试剂盒（流式细胞仪法-FITC）"和"p16单克隆抗体检测试剂盒（流式细胞仪法）"等4个类别、8个批件的体外诊断试剂产品。新一代宫颈癌体外诊断试剂从多个维度（核酸、蛋白）和多个层面（感染—整合—诱变）解决了宫颈癌筛查、危险度分层和一级预防等工作环节中的各个关键技术问题，整体上具有领先性、系统性和周密性特点，技术形态、应用模式方面具有示范、带头作用。

"1+2"模式助力，医企协同实现"多赢"

在医学领域，医院往往是唯一的需求感知者。仁济医院在宫颈癌这个细分领域，为了满足病人个体化精准化需求，会探求有针对性、有市场、能够真正攻克某一类疾病的新技术、新产品。在产学研医合作中，医院往往是新技术创造者，企业是研发经费提供者和成果转化者，医院最终又为新产品提供了考核和应用推广平台。医院内部架构是为与企业对接而服务，企业为新技术提供了生产、报批和销售服务。企业方面的优势在于告诉研究单位的研究人员，哪些技术有市场价值，哪些能被制造，哪些能被药监局批准。仁济医院主导的"1+2"合作模式就是建立在经常性讨论机制上，并一直强调成果共享。

临床领域的医学工作者原先总是处在理论探索和技术应用两个相互脱节的新技术转化流水线的两端（早期理论、终端应用），在新技术、新药、新设备，尤其体外诊断医疗器械方面，常处于观望和等待中。在当前产学研医合作机制的激励下，临床一线医疗工作者能够从临床问题出发，通过理论探索、实验尝试、技术设计、产品成型到最终解决临床问题，形成一个闭环研发过程。这样的闭环研发过程减少了企业、应用单位之间的技术磨合成本、加速了产品生产、临床试验和报批流程，促进了医院技术革新速度和质量。使得临床问题有可能在有限时间内通过科研、生产攻关得到解决。对于广大妇女来说，HPV核酸检测试剂和p16单克隆抗体试剂的早日问世意味着更低的宫颈癌发病机会，更有效的防癌保护，国内和本市宫颈癌发病率因此而逐渐降低。

产学研医合作大大加快了临床问题解决的速度，使得人民健康保障得到了跨越式提高。仁济医院妇产科由此成为新一代宫颈癌防治系列技术的全国学术带头人，提高了其自身的学术声誉和理论可信度，团结了国内知名临床单位，成为宫颈癌筛查和危险度分层管理的实践示范基地。在产品研发和应用反馈过程中碰到的临床新问题、新病种、新病例、新发病机制为宫颈癌预防、诊疗专业提供了更加丰富的实践和研究土壤，有力推进了国内和国际HPV致病、宫颈癌早期防治领域的学术进步。

在仁济医院宫颈癌筛查和危险度分层管理一体化预防、诊疗思想的指导下，复星诊断与怡舸生物将各自的临床市场资源、生产制造经验、医师宣传教育工作协调统一到了同一个医学理论背景和医疗器械采供系统中，使得临床需求得到了有效满足、产品应用逻辑和资源互补优势得到了整合和高效发挥。

复星诊断科技则成为国内首批 HPV 核酸检测试剂盒的第三类医疗器械注册证获得者，抢占了有利的市场资源和产品性能及生产标准主导权。尤其在简并引物、多亚型病毒并行 PCR 检测、复杂核酸扩增环境下保持产物专一性和检测灵敏度、对同源基因序列的等距离识别、定量扩增能力方面，获得了重要的、不可取代的制造经验。试剂盒产品质量、操作简便性遥遥领先于同行。公司建立了 HPV 核酸检测产品流水线、标准化生产流程、技术工人团队和质量管理体系。仅"人乳头瘤病毒核酸检测试剂盒（PCR-荧光探针法）"和"人乳头瘤病毒（HPV）基因分型检测试剂盒（荧光 PCR 熔解曲线法）"两个产品，近三年销售试剂盒 842 万人份，销售收入 1 亿 6 901 万元。

怡舸生物获得了与复星诊断合作的机会，实现市场优势互补、临床诊断一致化、检测流程规范化等，获得诸多有利于产品生产、制造和销售的知识、经验和渠道。在 p16 单克隆抗体试剂盒（流式细胞仪）制造方面，怡舸生物从无到有地开拓了高通量流式细胞法检测宫颈脱落细胞中 p16 蛋白表达水平的分子生物学原理和技术经验、生产技巧。怡舸生物所取得技术能力使其成为国内唯一的 p16 单克隆抗体试剂盒（流式细胞仪法）供应商，具有空白市场优势；其试剂盒对宫颈细胞中 p16 表达的定量检测能力在国内是独一无二的，解决了 HPV 感染患者的诊疗困难和心理忧虑。该公司近三年共销售试剂盒 105 万人份，销售收入 3 964 万元。

上海市妇科肿瘤重点实验室主任狄文教授表示，项目自 2004 年与复星公司合作以来，至今已有 18 年之久。仁济医院作为集医、教、研于一体的医疗机构，具有较强的技术研发能力，但在成果转化方面，离不开医药企业的合作配合。多年研究成果得到了有效转化，这不仅造福广大妇女同胞，降低了宫颈癌发病率，也促进了企业方技术革新、盈利能力增强。这种合作对于国家医药产业的产能和产值提高，居民健康和幸福指数上升，都有不可或缺的重要价值。期待这个产学研医合作体系能够继续深化发展，为我国医疗卫生事业创造更多佳绩。

产学研合作硕果累累，创新型企业仍需赋能

来源：上海人民广播电台·话匣子
记者：赵颖文
时间：2023 年 3 月 25 日

数据显示，去年我国研发经费投入首次突破 3 万亿元，其中由企业部门提供的研发经费占比接近 8 成。在我们的身边，很多新技术、新产品都来自由企业主导的"产学研"合作，而创新型企业也希望在人才引进、人员激励等方面，获得更多的支持。

林琦："在外环的时候，经常大型货车开起来的时候有黑烟啊。我想我们的创新，第一，要符合国家战略，第二，需求要从市场中来。"

谈起与同济大学牵手 6 年共同研发燃料电池系统，重塑集团董事长林琦说，充分的市场调研、确定顺应社会需求的研发方向，是项目成功的重要基础。有了这个基础，公司和高校成立联合实验室，把课题拆分成一个个小命题，逐一攻克，最终获得高功率、长寿命和全气候使用的燃料电池系统，可降低系统成本 70% 以上。

林琦："掌握了一批自主的知识产权，比如说在冷启动技术上，由原来的零下 15 摄氏度，现在我们可以做到零下 30 摄氏度，这意味着我们燃料电池车辆在零下 30 摄氏度的环境下可以启动，同时对寿命没有影响。"

目前，重塑科技的重载商用车氢燃料电池发动机已经应用于 40 多家国内外知名车企，市场占有率接近五成，并获得 2022 年"上海产学研合作优秀项目奖"一等奖。

"轨道交通高可靠全自动运行系统"获得了本次评选的特等奖，短短几年，卡斯柯信号有限公司的列车控制系统已在 28 个城市的上百条线路上运行，让越来越多的地铁列车实现无人驾驶。公司董事长王印说，高端制造"卡脖子"难题的攻克，来自生产企业、高校、客户三方共同参与构建的创新平台。

"第一个是上海市无人驾驶列控系统工程技术研究中心，第二个是上海市铁路调度智能指挥系统的研究中心，既有高校的资源，又有企业技术研发的支撑，还有实际用户

的参与,加快了科技成果的转化。"

王印说,要让这种产学研合作更良性地运转下去,希望在技术人员激励和高精尖人才的引进上得到更多支持。"中国的轨道交通行业已经走到了世界的前端,那么我们应该是在基础学科上引进更多的人才,这样对我们整个应用技术的进步是有促进作用的。"

数据显示,去年我国研发经费投入首次突破3万亿元,其中由企业部门提供的研发经费占比接近8成,企业已经成为科技创新的主角;但与此同时,基础研究经费中企业执行占比不到10%,还有较大增长空间。中智咨询合伙人常江建议,"产学研"合作中,要进一步重视基础研究人员的发展培养,对企业自身来说,首先要构建一个贯穿创新全过程的激励体系。

常江:"有些转化周期确实很长,从投入到成果转化超过10年的,对基础研发来说,更需要有个高固定和保障薪酬来支撑。在激励的过程中,要考虑到容错的问题,确实是因为这个领域、这个方向的这条路走不通,那我们该给的保障性激励还是要给到的。"

报道摘录

摘自《联合时报》2023年3月21日《继续当好产学研深度融合"助跑者"——科促会负责人就"上海产学研合作优秀项目奖"情况答记者问》，记者戚尔达。

问：本年度获奖项目展现了产学研模式上的哪些新的变化？

答：40个获奖项目之所以能脱颖而出，正是得益于产学研合作各方的深度融合。这些获奖项目的背后，呈现出产学研合作的整体性、紧密度和多样化又有新的进展：

一是产学研的理念增强，企业勇于发现自身不足，善于寻找优质的高校和科研院所资源；高校和科研院所则科研成果转化、产品化的意识更强，因此合作往往一拍即合。

二是产学研的能力增强，企业善于提出合作目标和攻关课题，全力提供和整合人员、资金、场地等资源；高校和科研院所则善于理解企业需求，善于发挥理论分析、实验论证等优势，形成了优势互补，强强联合。

三是产学研的模式深化。如在某一行业内，形成了行业"产学研用链"模式，即领军企业为龙头，携手学科优势明显的高校、科研院所，带动产业链上、下游企业，针对行业共性难题开展协同攻关，实现核心技术突破，如今年的特等奖项目"轨交高可靠全自动运行系统及其数字验证平台研究与应用"，二等奖项目"5G大规模天线信道模拟器研发与应用"，三等奖项目"高效环保焦磷酸哌嗪阻燃剂关键制备技术的开发与应用"等。又如"新母子共同体"模式，即企业紧紧依靠原高校"母体"，或企业领导人母校，与母校建立合作机制，充分利用母校的科研资源，形成责权利清晰、产学研一体的机制，并不断深化，不断取得丰硕成果，如获一等奖的项目"轿车动力总成零件国产装备与工艺验证平台建设",获二等奖的项目"'锐华'工控安全嵌入式实时操作系统产品研发与产业化应用",获三等奖的项目"道路多维高频检测装备和智能养护技术及应用"等。再如在医疗临床领域的"临床——产学研"模式,即医院从临床难题出发,自行攻关突破,取得技术专利;然后与制药企业合作,将科研成果转化为产品,应用于临床实践,获得成功,最终使患者受益,如一等奖项目"新一代宫颈癌体外诊断试剂的临床研究成果转化和应用"等。

摘自《上海科技报》2023年3月22日《科研成果"被激活"，企业需求"被揭榜"——写在2022年"上海产学研合作优秀项目奖"颁奖之际》，记者姜晓凌。

"产业需求—技术难题—科研攻关—产业化应用"的全过程试点，在产学研用深度融合过程中，本市已构建多方良性互动机制，实现多方共赢，形成了行业"产学研用链"模式，即领军企业为龙头，携手学科优势明显的高校、科研院所，带动产业链上、下游企业，针对行业共性难题开展协同攻关，实现核心技术突破。

立足国家战略，实现科学导向与产业导向有机结合

产学研深度融合是创新链与产业链融合发展的内在要求。习近平总书记多次强调，要围绕产业链部署创新链、围绕创新链布局产业链，推动经济高质量发展迈出更大步伐。而产学研用深度融合是解决科技经济"两张皮"老问题，实现科学导向与产业导向有机结合的根本途径。

统计数据显示，在40个获奖项目中，"立足国家重大发展战略，以产学研合作带动科技创新，促进产业转型升级"的共计28个，占70%，涉及先进制造、新能源与环境保护、新材料领域。

关注百姓所需，坚持科技发展服务民生改善

积极发挥科技型企业在民生改善中的作用，支持在公共交通、医疗健康、文化教育、生态环境等领域应用新技术、新产品，提升城

市治理的科学化、精细化，真正增进民生福祉。实践证明，企业作为创新决策、研发投入、科研管理的主体，应在成果转化主体的基础之上，联合一流科研院所，才能真正打通产学研深度融合的痛点、堵点、难点。

2023年度

《国际骨科》论文显示：国产手术机器人临床效果与国际顶尖产品相当

来源：上观新闻·创新之城
记者：俞陶然
时间：2023年11月27日

由国家骨科与运动康复临床医学研究中心、301医院第四医学中心关节外科柴伟主任团队和南开大学医学院联合开展的"鸿鹄"骨科手术机器人辅助初次全膝关节置换术临床研究1年随访数据，近日以论文形式发表在国际骨科学会主办的知名期刊《国际骨科》（*International Orthopaedics*）上。这是上海企业研制的"鸿鹄"首次与国际顶尖机器人产品进行头对头的大样本量临床对照研究，显示国产手术机器人在下肢对线准确性、手术时间、失血量以及术后6个月、1年膝关节临床功能评估方面的临床效果与国际顶尖机器人产品无显著差异。

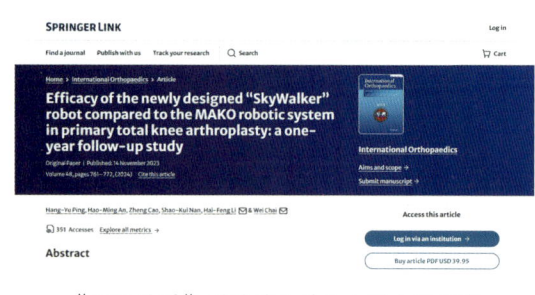

《国际骨科》刊登的头对头大样本量临床对照研究论文

骨关节炎是一种严重影响生命质量的重要疾病，也是人类第二大致残因素。目前我国患病人数约1.2亿，因疾病进展而需接受人工关节置换者超过1 000万。关节置换对手术技术和手术精准性要求极高，传统手术工具很难达到手术标准化和均优化。手术机器人凭借其截骨精准、可重复性高、创伤小等优势，受到医学界高度重视。

针对这种手术机器人的国产化空白，上海微创医疗机器人（集团）股份有限公司与上海交通大学医学院附属第九人民医院合作，近年来采取产学研医协同合作模式，研发具有自主知识产权的兼容髋、膝关节的半主动、轻便型关节手术机器人系统。如今，"鸿鹄"成为唯一拥有自研机械臂的髋膝兼容国产骨科手术机器人，能够在术中精准定位，精准进行膝关节截骨和髋臼磨削，恢复患者下肢力线。

这款国产手术机器人已获得中国国家药品监督管理局、美国食品药品监督管理局、欧盟CE、巴西卫生监督管理局、澳大利亚医疗用品管理局的认证，并在美国多家医院、希腊拉里萨大学综合医院成功完成了数十例全膝关节置换手术。

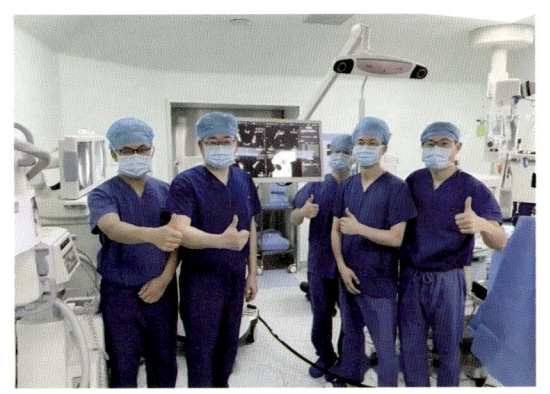

上海九院团队在"鸿鹄"辅助下成功完成一例右侧全髋关节置换手术

最近在《国际骨科》上发表的论文，涉及一项纳入75名患者的临床研究，其中"鸿鹄"组30名，对照组45名，两组之间基线无显著差异。

这项试验比较了两组患者手术的截骨计划与实际术后髋膝踝角（HKA）偏差，结果显示："鸿鹄"组和对照组在术后HKA数值方面不具有显著差异。此外，在手术时间、失血量和术后住院时间等三项关键指标方面，两个组也不具有显著差异。

研究团队对所有入组患者进行了术后6个月和1年随访。两组患者在膝关节关节活动度、膝关节学会评分、西安大略和麦克马斯特大学骨关节炎指数、疼痛视觉模拟量表等几项重要指标方面，均无显著差异；两组患者的切口愈合均良好；除对照组一名患者在术后9个月因持续周围假体不适而再次入院、接受翻修手术外，其他患者均无骨钉孔渗出、假体无菌松动、假体周围感染、假体周围骨折等情况发生。

记者从上海交通大学医学院附属第九人民医院获悉，今年6月，波兰4位骨科专家来到九院，现场观摩学习上海医生使用"鸿鹄"关节手术机器人辅助

第一例国产手术机器人5G远程膝关节置换术

完成两例全膝关节置换手术，深入了解设备操作要点。这款手术机器人的术中辅助能力、智能导航能力和手术的精准高效，给波兰医生留下了深刻印象。9月，"鸿鹄"在希腊拉里萨大学综合医院完成了欧洲首例"中国智造"机器人辅助全膝关节置换手术，而且在一天内接连完成3台，给国外患者带来了福音。

洽谈对接，让"科技之花"结出"产业之果"
——2023年"上海产学研合作优秀项目奖"诞生的背后

来源：《上海科技报》
记者：姜晓凌
时间：2024年1月3日

如何推动产学研加速跑，让前沿科技更"接地气"？如何推进产学研走深走实，让科研成果从"书架"走向"货架"？如何贯通创新链与产业链"双侧"，让科研成果由"智"变"金"？……"上海产学研合作优秀项目奖"（简称"上海产学研奖"）评选始终瞄准产学研的"精准对接"，服务基础研究、关键核心技术攻关、科技成果转化全链条，提高科技成果转化效率和产学研融合水平。

15年来，作为由上海科技成果转化促进会（上海市促进科技成果转化基金会）、上海市教育发展基金会、上海市科学技术协会主办，目前本市为推进产学研深度融合设立的唯一奖项，"上海产学研奖"已累计评奖249个，涉及企业236个、高校46个、科研院所40个。

日前，2023年"上海产学研奖"正式揭晓，共评选出特等奖2个、一等奖5个、二等奖8个、三等奖16个、提名奖9个。构建新型产学研转化生态，2023年的获奖项目呈现出围绕国家重大需求、打破国外技术垄断、实现某些领域的核心技术突破；基本覆盖本市"3+6"现代化产业，体现上海数字化、绿色低碳转型的成果；紧贴人民生命健康，解决人民群众急难愁盼问题，努力实现人民生活"更加美好"等显著特征，创新要素加速释放。

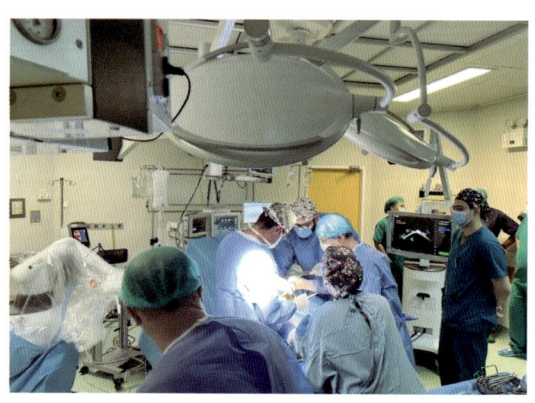

"鸿鹄"在希腊拉里萨大学综合医院成功完成全膝关节置换术

"有组织科研"，产学研深度融合新范式

北京时间 2023 年 9 月 5 日 14 点，鸿鹄骨科手术机器人（以下简称鸿鹄机器人）在希腊拉里萨大学综合医院成功完成欧洲首例全膝关节置换术，且在一天内接连完成 3 台。这是国产手术机器人继进入美国市场之后，成功开拓欧洲市场的全新里程碑。鸿鹄机器人在欧洲的顺利落地，标志着将通过先进的中国智造技术普惠更多全球患者，实现"让天下没有难做的手术"的初心。

术中，只见鸿鹄机器人快速、精准地基于韧带张力进行手术规划调整，在导航系统的精准指引下，通过配准技术并结合自主研发的高灵巧、轻量化机械臂，为患者快速完成截骨，并成功安装内轴型全膝关节置换系统。整个手术仅耗时 45 分钟，且患者出血很少，并发症风险较低，术后患者下肢力线明显改善。

这一手术机器人的诞生，便是出自上海交通大学医学院附属第九人民医院和上海微创医疗机器人（集团）股份有限公司历时 5 年的产学研合作成果——"鸿鹄"关节置换手术机器人系统研发及产业化。该项目获得此次"上海产学研奖"特等奖。

一方是一所集医疗、教学、科研于一体的综合性三级甲等医院，拥有 5 位中国工程院院士；另一方则专注于手术机器人领域的研发，是全球唯一业务覆盖腔镜、骨科、血管介入、经自然腔道、经皮穿刺五大"黄金赛道"的手术机器人公司。两者是如何成功"牵手"的呢？项目负责人、九院骨科李慧武教授在接受采访时表示，九院团队研发这款机器人的初衷，在于我国有接近 1.2 亿名骨关节炎患者，其中因疾病进展需要接受关节置换手术的超过 1 000 万例。这类手术对精准性要求非常高，目前这一手术 10 年的失败率高达 20%；而借助手术机器人则可以把手术精度控制在微米级，有望大幅提高手术成功率。

微创关节置换手术机器人项目研讨及启动会

为此，校企各方持续深化产学研医合作，以本项目为基础，成立九院-微创机器人骨科临床研发中心，并建立合作平台，采用以临床需求为导向的产学研医合作模式。项目负责人李慧武教授牵头建立医院与企业项目团队，围绕关节手术机器人产业链的上游（硬件设计和软件开发）、中游（产品制作、检验）和下游（临床应用）制定合作规划，

按照项目需求开展项目活动。其中，围绕导航和手术机器人机械臂等核心基础问题，微创机器人公司负责多模态影像引导精准、高效导航核心技术研发和基于力位耦合协同控制的微创手术机器人系统研发；进行关节手术机器人系统集成与优化，完成手术机器人及相关配套产品研发，并开展产品功能、性能参数等标准检测。为实现研究成果的临床转化和临床广泛应用，九院负责关节手术机器人临床前设计验证、临床试验与注册推广，完成关节手术机器人性能的模型骨、尸体验证及数字化评估，开展机器人辅助人工关节置换手术的临床试验，评估手术机器人的临床安全性和有效性。

这一兼容髋/膝关节的半自动、轻便型关节手术机器人系统，实现了视觉导航系统、定位机械臂、全维微创手术器械等核心技术的国产化，系统组件国产化率达97%，成品国产化率达84%。2022年，"鸿鹄"关节置换手术机器人获得NMPA注册证，之后相继获得美国、欧洲、巴西和澳大利亚注册证，以及多个海外市场准入要求，有望打破国外在手术机器人底层核心部件与上游产业链的全球垄断。

为推进项目产业化进程，该项目又成功孵化出微创机器人公司旗下子公司——苏州微创畅行机器人有限公司。公司下设上海研发中心、苏州部件公司和美国子公司，建立国内首个实现量产的关节置换手术机器人生成基地，厂房面积超5 000平方米，产能达到250台/年。在全国建立30多家手术机器人培训中心，涵盖华东、华中、华南、西南、东北、西北六大区域。下一步，九院与微创机器人公司将围绕手术机器人领域，开展一系列数字骨科技术研究，促进人工智能、5G技术、AR/VR技术等前沿技术与手术机器人融合。"我们将分阶段实现机器人远程操控能力、多功能执行能力和智能化决策能力质的提升，使我国骨科手术机器人达到国际领先水平。"李慧武教授表示。

让知识创新与技术创新有效衔接、创新链与产业链精准对接，加快形成创新主体优势互补、分工协作、成果共享、风险共担的产学研深度融合格局。实践证明，这种加快产学研深度融合模式转型，推动由高校和科研院所主导、企业参与的技术驱动型产学研融合，通过战略合作、平台搭建、联合研发等多种方式深化合作关系，形成了强大的基础研究骨干网络，攻克了一批关键核心技术。

"让企业主导"，产学研良性循环新样本

"科学创新—技术孵化—生产经营"的良性循环是实现产学研深度融合的内在要求，需要企业、高校和科研院所的系统协同；但科学技术的研发、孵化、转化，都要依托所

在的产业链、价值链和生态系统。因此，在全方位推动产学研深度融合的过程中，必须要明确企业的主体地位，激发企业的主导作用。

今年获奖项目中，企业创新主体地位显现是一大亮点。龙头企业依托市场和机制优势，在聚集科技创新要素、推动科技成果转化方面发挥了重要载体作用，有效带动上下游企业，盘活产业链各要素。一等奖项目"先进热冲压技术研发和产业化应用"便是成功案例。

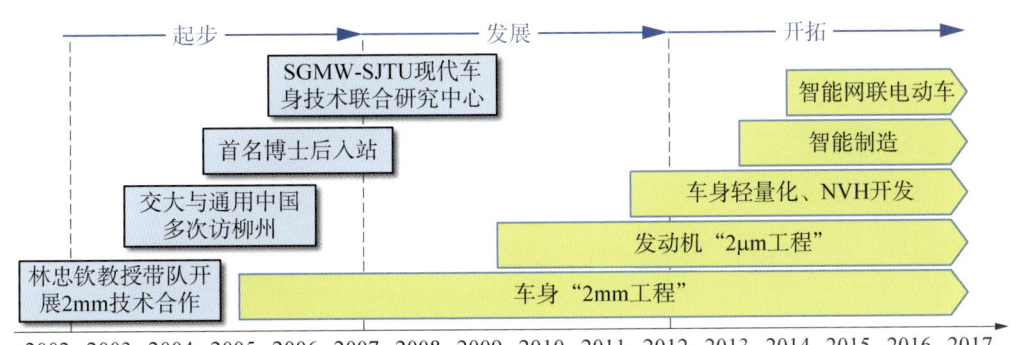

上海交大与上汽通用五菱合作历程

该项目的三方——宝山钢铁股份有限公司、上海交通大学机械与动力工程学院、上汽通用五菱汽车股份有限公司之间的合作最早可追溯到2005年。十几年来，他们一直保持着稳定、紧密并不断升级的合作关系，从最初的单一项目合作，发展到领域合作，再到如今的集群式战略合作，每一步合作稳扎稳打。其开发了低能耗、低成本先进热冲压核心技术，解决了原有工艺流程长、节拍慢、成本高等缺点，提高了零件成形性和精度，降低了热冲压零件使用成本，其中热冲切模具技术和二次加工热冲压模具技术都属于国内首次开发应用。"围绕企业发展战略和行业共性难题，携手高校、产业链上下游企业开展协同创新，充分释放'资本、人才、技术'等创新要素的活力，使跨行业合作产生共振效益，推动了产业链的高质量发展。"项目相关负责人表示。

由此可见，在创新链条的不同环节中，企业、高校和科研院所具有不同的功能定位。其中，企业具有显著的多元主体性，其作为产学研过程中的科技创新决策、研发投入、科研组织和成果转化的多元主体，发挥不可替代的作用。但企业主导的产学研深度融合，并不是单方面强调企业的主体地位、主导作用，而是在符合科技创新规律的基础上，推动强强联合、协同攻关。换句话说，就是既要吹响企业主导的冲锋号，又要吹响企业、高校和科研院所之间紧密结合的集结号。

"战略任务牵引",实现产学研融合跨期最优

科技已经成为国际战略博弈的重要战场,核心技术则是大国博弈的利器。突破"卡脖子"关键技术,锻造大国重器,关乎我国产业发展和国家发展安全;通过产学研深度合作,瞄准"卡链""断链"的产品和技术,聚力破解技术瓶颈,是实现重点领域、关键环节自主可控的根本途径。

平湖油气田是我国东海海域首个以天然气为主的油气田,自1999年4月勘探、开发开始,至今已持续为上海供气24年,自此上海市民第一次用上天然气,实现了上海市一次能源生产和天然气使用零的突破,为上海作出重大贡献。然而,越到深海,油气勘探开采的技术难度越高,为了保证城市天然气供应,上海油气仍在4 000米以下深海探索油气藏的勘探开采技术上不断研究。由上海石油天然气有限公司、西南石油大学石油与天然气工程学院、东营文胜石油科技有限公司合作的"平湖油气田深部高温高压油气藏勘探开发关键技术研究"项目,以国家能源战略需求为导向,整合优势技术资源,开展了平湖深部高温高压油气藏勘探开发关键技术的攻关,成功提出了一套适合平湖深部高温高压油气藏勘探开发的技术体系,打破了平湖4 000米以下油气勘探的禁区,推动了平湖乃至东海海域深部油气藏的勘探、开发及钻完井关键技术的进步和发展。截至2022年底,已累计产油 8.9×10^4 立方米、天然气 4.07×10^7 立方米。该项目获得此次"上海产学研奖"三等奖。

平湖油气田中心平台

"产学研"齐聚咖啡桌，聊出一台"展翅出海"的"鸿鹄"机器人

来源：上海人民广播电台·话匣子

记者：赵颖文

时间：2024年1月5日

2023年度"上海产学研合作优秀项目奖"表彰大会今天（5号）举行，市政协主席胡文容等为40个获奖项目颁奖。这些获奖项目打破技术垄断、突破核心技术，瞄准急难愁盼，协同产业链上下游形成高效合作。获得特等奖的"鸿鹄"关节置换机器人系统研究及其产业化，就起源于一次咖啡桌边的"跨界聊天"。请听报道：

李慧武："我们平常做手术的时候，比如我要垂直截骨，截多少度、截多厚，大概看一看，像90度！就像木匠做东西一样，你看着是90度，换个人来看，好像不是90度嘛，就会出现这种偏差。"

上海市第九人民医院骨科主任医师李慧武每年要做几百台手术，其中相当部分是关节置换手术。这类手术对精准性要求非常高，而借助机器人可以把手术精度控制在微米级。但怎样去实现这个想法呢？2015年的一天，李慧武参加了九院成果转化办公室组织的一次"咖啡馆聊天"，结识了上海微创公司的团队：

李慧武："七八个人在一起坐着，有医生，有工程师，还有行政人员，我们开始讨论，我们需要借助人工智能，借助导航系统，借助机器人……"

双方一拍即合，要自主研发一台医院买得起、患者用得起的膝关节置换手术机器人。

李慧武："自主研发的东西，成本才能大大降低。第二个，如果机械臂是自主研发的话，我就可以不断在上面迭代，我今天做个膝关节，我慢慢就可以用它来做髋关节，然后做脊柱，做创伤，各种各样。"

2016年，以李慧武教授为项目负责人的"髋膝兼容、开发安全、高效微创关节置换手术机器人系统研发"项目，获批"十三五"国家重点研发计划数字诊疗装备研发专项。同时，微创机器人成立全新子公司——苏州畅行机器人有限公司，产学研共同推动国产手术机器人的技术攻关。苏州畅行研发总监邵辉，穿起手术服一头扎进手术室里。

邵辉："（您进过手术室吗？）进过。（多少次？）很多次，不计其数。接骨板，相对最合理的区域在哪里，其实在我们设计的时候是很难想到的，更多的还是在进入之后，我们看到整个场景，这个时候才会去想到我们应该要怎么做。"

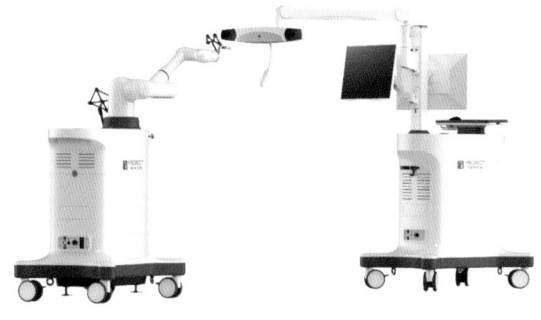

"鸿鹄"关节置换手术机器人

在技术攻关的同时，公司的法务团队迅速开始从网上找图纸、查专利，一旦形成新的想法，马上申请专利保护，规避知识产权风险。

邵辉："一方面我们也去探索一下在国外有没有类似的技术在受保护，另外我们自己的产品在出口到国外的时候能够有专利受保护。这也是我们能够'出海'的很重要的理由。"

历时5年，这台名为"鸿鹄"的手术机器人终于落地。它兼容髋、膝关节的半自动、轻便型关节手术机器人系统，系统组件国产率达到97%，共申请发明专利83项。李慧武说，运用"鸿鹄"，能够把一台膝关节手术的时间从一个多小时缩短到30分钟，病人出血量更少，康复速度更快。

李慧武："医生的离散值更小，就是我做手术，和一个经验低的医生做手术，过去肯定手术水平做出来不一样。机器人都规划好，医生之间的水平就会缩小。"

目前，"鸿鹄"关节置换机器人已经被包括麻省总医院在内的10家美国医院所使用，还获得了巴西、澳大利亚等国的市场准入。2021年，项目团队成立了九院－微创机器人骨科临床研发中心，拓展"鸿鹄"的研发应用。

李慧武："（去年）8月份一起拿到了髋关节机器人的产品注册证。我们还在一块儿做远程控制的研发，未来做切骨。希望这一个机器人把骨科的大部分手术都涵盖掉。"

发挥"铺路石""呐喊者""助跑者"作用

——上海科技成果转化促进会负责人就2023年"上海产学研奖"有关情况答记者问

来源:《联合时报》

记者:戚尔达

时间:2024年1月5日

2023年度"上海产学研合作优秀项目奖"(简称"上海产学研奖")颁奖仪式今天在市政协举行。40个优秀项目获奖。这一奖项的设立有何意义?2023年度评选与以往相比有哪些特点?上海产学研合作优秀项目奖评选主办方,上海科技成果转化促进会负责人近日答记者问。

强化示范效应 推进产学研深度融合

问:请简要介绍下设立"上海产学研合作优秀项目奖"的意义和所发挥的作用?

答:习近平总书记在党的二十大报告阐述加快实施创新驱动发展战略时指出:"加强企业主导的产学研深度融合,强化目标导向,提高科技成果转化和产业化水平。"历时15年的"上海产学研合作优秀项目奖"是贯彻落实党的二十大精神的重要实践。

"上海产学研奖"于2009年创设,经上海市科委批准并报国家科技部备案,由上海科技成果转化促进会(上海市促进科技成果转化基金会)、上海市教育发展基金会、上海市科学技术协会主办。"上海产学研奖"面向全市科技型企业以及与之合作的高校和科研院所,每年评选一次,是目前本市为推进产学研深度融合设立的唯一奖项。

15年来,"上海产学研奖"已累计评奖249个,涉及企业236个、高校46个、科研院所40个。"上海产学研奖"旨在宣传产学研合作理念,表彰产学研合作先进,总结产学研合作经验,树立产学研合作典型,推动上海产学研的深度融合。

通过评选颁发这一奖项,我们积极弘扬"产学研合作"的科学理念,大力宣传"产学研合作"是企业和经济高质量发展"必由之路"和"超车道",努力促进有志于产学研合作的各方增强深度融合意识,实现各自目标,加快自身发展。我们积极宣传"产学研合作"的基本方法，认真总结了产学研合作优秀项目的成功规律，概括了"规划目标明确、责权利明晰、组织机制严谨、运作紧密高效、各取一举数得"的合作模式，努力促进有志于产学研合作的各方"取人之长，相得益彰"合作水平的提高。我们积极助推产学研合作能力增强，深入总结了"产学研合作"的成功规律，揭示了"善于站高确立目标，善于发现自身不足，善于寻觅优质资源，善于形成有效合作，善于不断举一反三"的"成功之钥"，努力促进有志于产学研合作的各方重视通过紧密合作增强自身能力。

我们坚信，"上海产学研奖"在促进上海产学研深度融合，提高科技成果转化水平上将继续积极发挥"铺路石""呐喊者"与"助跑者"的作用。

问：2023年评选工作相比往年有哪些新的特点？

答：2023年，根据上级要求，主办方对"上海产学研奖"评选工作又作了优化，经过初核、初评、复评、终评等环节共57名专家的认真评选，共评选出特等奖2个、一等奖5个、二等奖8个、三等奖16个、提名奖9个。本市一批产学研合作意识强、合作紧密、成果丰硕的企业、高校、科研院所获此殊荣。近年来新闻媒体对"上海产学研奖"、获奖项目、获奖单位作了大量的报道宣传，"上海产学研奖"的影响力不断扩大，引领和示范效应不断扩大。

对标核心技术突破　助力高质量发展

问：请您介绍一下2023年度获奖项目的一些特点。

答：2023年"上海产学研奖"的获奖项目充分体现了二十大报告要求的加快构建新发展格局的发展方向，以及在推动高质量发展方面做出的努力和成绩。

经过全程评选工作，我们感到，2023年40个获奖项目具有几个明显特征：

一是围绕国家重大需求，打破国外技术垄断，实现了某些领域的核心技术突破。近10个获奖项目面对国外企业的技术垄断，不断突破技术难题，实现从被"卡脖子"到行业领跑的跨越，展现出"中国智慧"。比如2023年获特等奖的项目"600MW高温气冷堆主设备研发及产业化"，由上海电气核电集团有限公司和清华大学核能与新能源技术研究院承担，从2019年到2023年，历时4年，在国家科技重大专项"200MW高温气冷堆核电站示范工程项目"的基础上，突破压力容器加工装配、整体热处理及变形控制、蒸汽发生器结构优化等技术瓶颈，成功研制具有自主知识产权的600兆瓦高温气冷堆主设备，达到国内领先、国际先进水平。本项目的成果标志着我国高温气冷堆技术实现了从"跟跑"到"领跑",并正式跨入商用阶段,带动上海市核电产业链上下游全链的技术发展,符合国家和本市能源发展战略要求。

二是项目基本覆盖了本市"3+6"现代化产业,体现了上海数字化、绿色低碳转型的成果。2023年获奖项目基本涵盖了上海三大先导产业和六大重点产业,部分项目在数字化、绿色低碳转型方面有着尤为亮眼的表现。比如2023年获一等奖的项目"先进热冲压技术研发和产业化应用",由宝山钢铁股份有限公司和上海交通大学机械与动力工程学院、上汽通用五菱汽车股份有限公司合作,开发了低能耗低成本先进热冲压核心技术,解决了原有工艺流程长、节拍慢、成本高等问题,提高了零件成形性和精度,降低了热冲压零件使用成本,其中热冲切模具技术和二次加工热冲压模具技术都属于国内首次开发应用。这一项目的部分技术属国内首次开发应用,实现了国产化替代,在提升我国汽车安全性能、轻量化和降低能耗等方面作出了贡献。

三是紧贴人民生命健康,解决人民群众急难愁盼问题,努力实现人民生活"更加美好"。此类获奖项目充分体现了科技型企业在民生改善中的作用,充分反映了上海在支持医疗健康、公共交通、生态环境等领域应用新技术、新产品方面的进展和突破。比如2023年特等奖项目"'鸿鹄'关节置换手术机器人系统研发及产业化",实现了视觉导航系统、定位机械臂、全维微创手术器械等核心技术的国产化,系统组件国产化率达97%,成品国产化率达84%,综合技术达到国际先进水平。2022年,"鸿鹄"关节置换手术机器人获得NMPA注册证,之后相继获得美国、欧洲、巴西和澳大利亚注册证,通过多个海外市场准入要求,有望打破国外在手术机器人底层核心部件与上游产业链在全球垄断。目前,"鸿鹄"关节置换手术机器人除在国内16个省,40多家医院累计完成600多例机器人辅助临床手术,在美国和欧洲医院也完成了首例手术,并进入7家美国医院。

鼓励跨行业合作　持续同频共振

问:通过评选,您感觉到上海产学研合作呈现哪些趋势?

答:我们深切感受到,本市产学研合作水平持续提高,获奖项目的产业链协同创新、长期合作效应与拼搏奋斗精神更加显著。

2023年获奖项目中,企业创新主体地位显现是一大亮点。如前面提到的一等奖项目"先进热冲压技术研发和产业化应用",宝钢围绕企业发展战略和行业共性难题,携手高校、产业链上下游企业开展协同创新,充分释放"资本、人才、技术"等创新要素的活力，使跨行业合作产生共振效益，推动了产业链的高质量发展。

有多个获奖项目，合作方围绕核心技术攻关，经过长期的产学研合作，建立起稳定、紧密的合作关系，形成完备的合作体系，如今终结硕果。比如前面提到的特等奖项目"600MW 高温气冷堆主设备研发及产业化"，电气核电与清华大学的高温气冷堆合作历史悠久，最早起步于 1995 年的国家"863 计划"重点项目 10 兆瓦高温气冷实验堆（HTR-10）。2008 年，双方共同参与"国家科技重大专项"。2013 年，上海电气（集团）总公司与清华大学签订框架协议，共同促进高温气冷堆核申站示范工程项目设备供货及关键设备技术研究。2019 年 1 月，双方响应国家"十四五"能源发展战略规划要求，为实现 600 兆瓦高温气冷堆的商业化应用落地再度联手。近 30 年来，双方围绕高温气冷堆主设备制造技术开展了长久而成功的产学研合作，凝聚着中国核电人的智慧、心血与汗水，体现了中国实现重大科技工程技术突破的体制优势，具有很好的示范意义。

通过评选，我们尤其感受到许多项目体现了产学研合作方锲而不舍的钻研精神和勇于奋斗的拼搏精神。

如前面提到的特等奖项目"'鸿鹄'关节置换手术机器人系统研发及产业化"。项目实施之初，九院骨科李慧武医生团队就坚定选择走自主研发的道路，而不是走捷径，即购买进口的机械臂和导航系统组装，而是要自主研发机械臂，最终进入海外市场。本项目充分发挥医院对手术过程关键操作的精准把控与手术机器人头部企业在器械研发上的优势，双方强强联合，最终取得了优异的成果。在他们身上体现出了医者对病患深切的责任感，对医生职业精益求精的追求，对医学事业无私奉献的精神，项目团队展现出的拼搏精神，令人敬佩，值得各方学习！

还有前面提到的一等奖项目"航空自润滑关节轴承的研制及工程化应用"。2005 年，上海初步建立了由上海轴承技术研究所、上海大学复合材料研究中心以及上海市合成树脂研究所等企事业单位组成的航空自润滑关节轴承产学研联合攻关团队，是国内首个突破了自润滑织物复合材料国产化研制技术的团队，在典型型号上实现了国产化。在坚实合作的基础上，团队从 2015 年再度携手出发，历时 7 年半时间在国内率先开发出航空自润滑关节轴承。在这个过程中，攻关团队心无旁骛实施核心技术迭代研究，对航空自润滑关节轴承技术从一无所知到全面精通，从低水平到高质量，从低性能到高可靠，打破国外技术垄断，实现了进口替代，自主掌握核心技术，并以此布局技术发展战略，形成"生产一代、研发一代、储备一代"的可持续迭代发展良性循环。他们用一种朝气蓬勃、力求创新的精神承载着服务航天国防事业的光荣使命。

咖啡桌边"跨界聊天"何以拿下五国认证

——国产手术机器人"鸿鹄"腾飞的秘诀

来源：《文汇报》

记者：许琦敏

时间：2024年1月5日

今天，2023年度"上海产学研合作优秀项目奖"（简称"上海产学研奖"）颁奖。本届获奖的40个项目或聚焦国家战略、服务上海先导产业，或瞄准"双碳"目标布局未来能源，或敏锐把握产业变革方向、抓住市场机遇，以企业家与科学家的同频共振，赋能经济高质量发展。

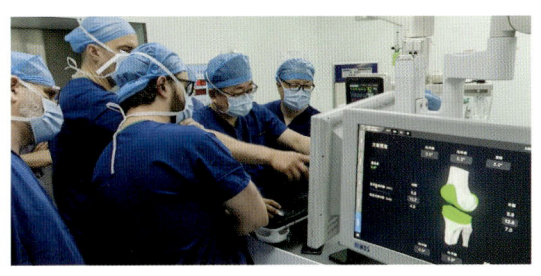

波兰医生前来上海九院学习操作"鸿鹄"手术机器人

科技是第一生产力、人才是第一资源、创新是第一动力，要实现这三个"第一"的相互转化、有机统一，产学研深度融合是一条重要而关键的途径。作为上海为推进产学研深度融合设立的唯一奖项，"上海产学研奖"设立15年来已累计奖励近250个项目，成为上海提升科技成果转化能级的"铺路石""呐喊者"与"助跑者"。

善于站高确立目标、善于发现自身不足、善于找到优质资源、善于形成高效合作、善于不断举一反三，已成为上海产学研合作企业的"成功之钥"。本报今起推出"产学研协同创新启示录"系列报道，遴选本年度获奖的优秀案例，深入解读产学研合作背后的模式与机制创新。

美国新罕布什尔州一家知名医院的手术室里，当地医生正操控着一台产自中国上海的手术机器人为患者实施膝关节置换手术。过去一年多，类似的场景正成为包括麻省总医院在内的近10家美国医院的工作日常。这台手术机器人名叫"鸿鹄"，作为医工结合推动高端医疗装备国产化的典型范例，它日前获评2023年度上海产学研合作优秀项目奖特等奖。

曾经，中国医院手术室里几乎清一色都是进口高端医疗设备，手术机器人更是难得一见。历经 8 年产学研合作，上海交通大学医学院附属第九人民医院与上海微创医疗机器人（集团）股份有限公司自主研发的国产手术机器人"鸿鹄"，成为目前"第一且唯一"同时获得中国、美国、欧洲、巴西、澳大利亚 5 个国家（地区）注册认证的国产手术机器人，并已在中国和美国形成销售，产能达每年 250 台。

或许没人想到，"鸿鹄"的诞生，竟始于张江一家咖啡馆里的一场跨界聊天。

瞄准精准手术难题，咖啡馆里搭起初创团队

上海九院骨科主任医师李慧武每年要做几百台手术，脑海里总会时不时蹦出许多改进手术器械的奇思妙想。然而最令他苦恼的是，找不到人帮他实现这些想法，"不知道去哪里结识这方面的专业人士"。

2011 年，上海九院成立成果转化办公室，组建起一支专业团队，为有成果转化想法的临床医生牵线搭桥。

2015 年的一天下午，李慧武参加了转化办组织的一次咖啡馆聊天，遇到了上海微创总裁何超博士等人。这一天，李慧武把自己长期以来对于改进膝关节置换术的想法一股脑说了出来——

我国骨关节炎患者数量高达 1.2 亿人，因疾病进展而需接受人工关节置换者超过 500 万。精准性是手术面临的最大问题。要确保手术质量，需要将整个下肢的截骨误差控制在长度 2 毫米、角度 3° 以内。传统手术主要依靠医生经验、靠肉眼判断，很难做到如此精准。如果直接购买国外设备，一台机器人的售价高达数千万元，后续想要在使用过程中调整改进，几乎不可能。如果自主研发，设备价格可下降一半以上。

"做一台国内医院买得起、患者用得起的膝关节置换手术机器人"，成了双方一拍即合的想法。2016 年，以李慧武教授为项目负责人的"髋膝兼容、开发安全、高效微创关节置换手术机器人系统研发"项目，获批"十三五"国家重点研发计划数字诊疗装备研发专项。同时，微创机器人成立全新子公司——苏州畅行机器人有限公司，产学研共同推动国产手术机器人的技术攻关及产业化落地。

工程师走进手术室，坚持原创拿下五国认证

由于"鸿鹄"诞生自咖啡馆里一次聊天，团队常戏称它为"咖啡馆机器人"。

从网上找图纸、查专利开始，团队确定了一条"坚持国产原创"的研发路线，这意味着每个环节都要避开已有专利——只有知识产权完全自主，未来发展才有更多的主动权。

苏州畅行研发总监邵辉回忆，"鸿鹄"起步的最初几年，哪怕小到一根固定带、一颗钉子，都有可能与国外公司专利"撞车"。为规避知识产权风险，他们只能一次次重新设计，"有时候，我们干脆不再参考文献，抛开所有现成产品的固化思维，直接从手术台上找灵感"。

从此，九院骨科手术室里，时不时会出现几名身披白大褂的工程师，站在手术台边细心拆解、揣摩医生护士的动作。

正因对"国产原创"的执着坚持，"鸿鹄"在申请五国产品注册认证时，没有碰到任何专利障碍，迄今未收到任何知识产权相关的诉讼函件。

安全、效率、微创，是考量手术机器人技术水平的三大关键性能指标。李慧武介绍，由于"鸿鹄"更符合医生的手术习惯，可实时监控患者位置，并对手术器械进行调整，因此它可将置换关节角度误差降至0.2°，手术时间缩短约一半，出血量减少30%以上。

2023年6月，4位波兰骨科专家专程来到上海九院，现场观摩学习"鸿鹄"辅助完成两例全膝关节置换手术（TKA），两台手术均在20分钟内精准完成了截骨。同年9月，"鸿鹄"关节手术机器人在希腊拉里萨大学综合医院成功完成其在欧洲的首例机器人辅助TKA，且一天内接连完成3台。

从膝拓展到髋关节，未来或可覆盖骨科手术

自主可控的操作系统、高达97%的国产化部件，为"鸿鹄"打开了广阔的产业化升级空间。

"用上了手术机器人，我们才发现其应用场景有多么大。"李慧武告诉记者，诸如外翻膝、石骨症等原本无法通过传统方式加以手术治疗的病症，现在可通过精细三维建模配合手术机器人实现精准操作。

2020年，苏州畅行在美国成立子公司，将业务拓展至海外，成为首个走出国门的中国手术机器人公司。

2021年，项目团队成立了九院—微创机器人骨科临床研发中心，持续拓展"鸿鹄"骨科手术机器人的研发应用。中心广邀医学界、工程界乃至基础医学研究等各方专家担

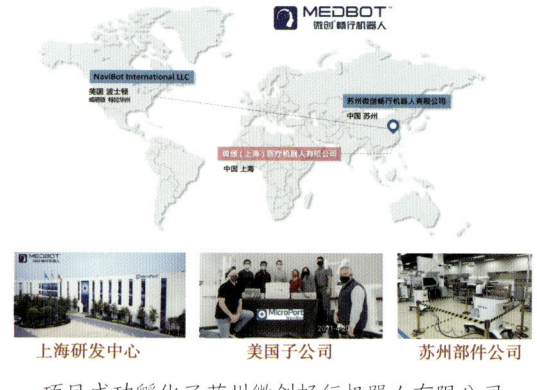

项目成功孵化了苏州微创畅行机器人有限公司

任顾问,共同为机器人的创新迭代出谋划策。

2022年,该中心启动国产化髋膝兼容机器人研发项目,作为首个搭载自研机械臂的国产髋膝一体骨科手术机器人,这台机器人已于2023年9月20日完成首例全髋关节置换手术。

目前,中心正围绕手术机器人开展一系列数字骨科技术研究,促进前沿技术与手术机器人融合。"我们将分阶段实现机器人的远程操控能力、多功能执行能力和智能化决策能力。"李慧武表示,希望在未来5到10年,使我国骨科手术机器人达到国际领先水平。

"免费"合作如何成就世界领先大国重器

——"高温气冷堆"在我国率先实现商用背后的密码

来源：《文汇报》

记者：许琦敏

时间：2024年1月6日

"不谈钱"的产学研合作能成吗？会产生经济效益吗？上海电气核电集团及清华大学核能与新能源技术研究院用长达30多年的合作，给出了一个肯定的答案——

通过免费的联合设计、无偿的技术支持、畅通的制造经验分享，双方从10兆瓦实验堆起步，成功推动了第四代先进核能反应堆"高温气冷堆"在我国率

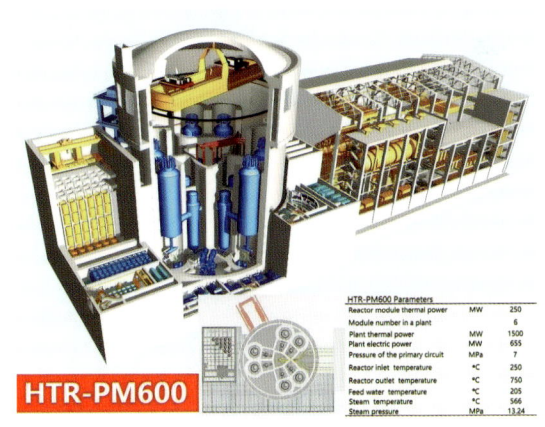

模块式高温气冷堆核电站示意图

先实现商用。而今，这支"不谈钱"的产学研团队摸索出了600兆瓦高温气冷堆主设备的关键制造技术和工艺，累计获得37亿元的相关主设备供货订单。

成功的产学研合作通常讲求清晰的利益划分，但在国家重大战略需求面前，上海电气与清华大学选择了一条不计较的"模糊路径"，"从0到1"对大国重器进行探索式研制。得益于此，该项目日前摘得2023年度上海产学研合作优秀项目奖特等奖。

国家需求凝聚共同探索意愿

2023年12月6日，全球首座第四代核电站——山东荣成华能石岛湾200兆瓦高温气冷堆核电站示范工程，正式投入商业运行，标志着我国第四代核电技术达到世界领先水平。这座示范堆正是起步于上海电气核电集团与清华核研院30多年前开始的一次成功合作。

上海电气核电集团技术发展部部长盛旭婷回忆，他们与清华在高温气冷堆领域的合

作最早开始于 1995 年。"当时，我们从一个 10 兆瓦的实验堆起步，从零摸索设备的制造技术与工艺，清华是设计方，我们是制造方。"

"我们的目标，都是为国家解决未来能源问题。"从 1993 年起，清华核研院张征明教授就开始参与实验堆的研发，要将高温气冷堆的设计图纸落地转化为可商用推广的产品，需要设计与制造的同步创新。

一个核电项目，从研发到实现产业化，周期往往长达十多年。这远不是购买或共同研发几个技术点那么简单，而是要不间断、无缝隙地相互磨合、共同探索，最终蹚出一条高温气冷堆产业化之路。

2006 年，石岛湾核电站示范工程列入国家科技重大专项。2008 年，上海电气核电与清华再次联手，推动 200 兆瓦高温气冷堆产业化。2013 年，上海电气总公司与清华大学签订推进高温气冷堆设备产业化战略合作框架协议，共同促进高温气冷堆示范工程的设备供货及关键设备技术研究。2018 年，上海电气核电集团与清华核研院开始了 600 兆瓦高温气冷堆主设备研发和批量化制造探索。

"免费""无偿"构建丝滑合作

为什么高温气冷堆的合作"不谈钱"？因为没法谈钱。如果每次技术支持、每项技术研发都要算钱、签合同，高温气冷堆的开发速度将成倍放缓。

反应堆压力容器、金属堆内构件、蒸汽发生器……600 兆瓦高温反应堆的五大核岛主设备的技术参数比 200 兆瓦提升了不少，其关键部件组件的研发往往涉及机加工、冷作、焊接、热处理、装配、检验、试验等诸多专业领域，每一项工艺攻关、改进，都离不开技术研发团队的密切合作。

在张征明的记忆中，为了一个关键设计指标，双方边讨论边优化实施方案，来来回回可以修改多达数十次，但方案一确定，就立马组织落实。"有一次，我一早坐飞机到上海，午饭也没吃，就跟上海电气核电集团的技术人员一起在现场讨论如何实现指标，当晚又飞回北京。短短两天后，他们就发来了工件加工的实测尺寸，结果证明完全满足之前提出的技术指标。"

2020 年 6 月的一次高温气冷堆蒸汽发生器蒸汽出口连接管布置的联合设计，令参与制造研发的上海电气核电集团专业副总师袁骞印象极为深刻。

为缩短制造周期，600 兆瓦高温气冷堆蒸汽出口必须一次可同时装焊左右两侧共计十几根连接管，同时进行装焊后的无损检测，如检查出有质量问题还要更换连接管——这一设计要求远高于 200 兆瓦高温气冷堆，所有连接管线需要重新设计。

"我们原先预估的设计周期是一个月。"袁骞说，没想到，实际在周末无休的连续工作下，双方历时 72 天、迭代了十几个方案，最终完成了 19 组、共 665 根连接管的布置设计任务。

核电是个系统工程，类似的探索在 600 兆瓦高温气冷堆的产业化研发中比比皆是。比如，为了摸索高温气冷堆蒸汽发生器异种金属换热管的焊接工艺优化，上海电气核电集团花了整整一年，先后焊了几百根换热管接头，才摸索出了最佳焊接参数——最后焊接的一批 100 根换热管，各项技术指标整体达标率高达 99%。

上海电气与清华大学高温堆合作签约仪式

领先技术开拓"蓝海"市场

如此全力"呵护"高温气冷堆的成长，上海电气核电集团与清华核研院瞄准的都是国家重大战略需求，以及由此带动的一片技术与市场"蓝海"。

在国家"双碳"战略的背景下，安全、清洁的第四代先进核能技术应用前景日益清晰。《中国核能发展报告 2023》蓝皮书显示，预计到 2035 年，我国核能发电量在总发电量的占比将达到 10%，支撑我国能源结构低碳转型发展。

"与传统核电堆型不同，高温气冷堆具有更灵活更广阔的能源综合利用条件。"盛旭婷说，除了传统发电，它还可用来制氢、提供工业热能以及海水淡化，不少应用已进入商业化探索阶段。

据悉，在高温气冷堆的后续推广中，可模块化建设 20 万、40 万、60 万乃至 80 万、100 万千瓦等系列装机容量的核电机组，以适应不同地区和用户的需求，该技术有望开启千亿级产业。

通过 600 兆瓦高温气冷堆主设备制造技术的研发和装备能力建设，上海电气核电集团已接到合同金额累计达 37 亿元的设备订单，初步具备了 600 兆瓦高温气冷堆主设备批量化成套供货能力，助力我国先进核能系统的产业化。

校企"同题共答",8年迭代摆脱进口依赖

——这家成立仅8年的大学生创业企业是如何做到的

来源:《文汇报》
记者:沈湫莎
时间:2024年1月6日

集成电子驻车的线控电子液压制动系统产品图

当下,智能化、电动化是汽车发展的大势所趋,线控制动系统则是构成汽车智能底盘的关键技术之一。作为该领域国内市场份额第一的自主品牌,上海同驭汽车科技有限公司开发的产品已应用于80多家企业的100多款车型上。这家成立仅8年的大学生创业企业是如何做到的?

身为同济大学科技成果转化首批重点孵化企业,同驭汽车联手同济大学,解决了线控制动的自主构型、液压力动态控制算法、制动能量回收等一系列高难度技术问题,成为国内率先实现线控制动系统量产的企业,打破了我国汽车智能底盘核心零部件长期依赖进口的被动局面,助力"汽车大国"走向"汽车强国"。

8年时间迭代8代产品的背后,是校企"同题共答"释放出的"加速度"。目前,同驭汽车与同济大学合作完成的"集成电子驻车的线控电子液压制动系统研发与产业化"项目,获得2023年度上海产学研合作优秀项目奖二等奖。

"三大利好"齐备,大学生逐梦智能汽车

同驭汽车的故事要从创始人舒强考入同济大学汽车学院说起。这里承担了我国第一个汽车领域的国家"973计划"项目,诞生了我国第一辆具有自主知识产权的燃料电池轿车"超越一号",也走出了大批汽车产业人才。

2012年开始，舒强跟随导师研究线控制动。就像10年前智能手机取代功能手机一样，他预感汽车行业即将发生一场重大变革。拥有上百年历史的机械化汽车底盘，到了不得不数字化的阶段。

然而，造车是一个极其看重资历、资源和资金的行业。2014年，舒强有过一次创业经历，这场短暂的"追梦"以失败而告终。很快，机会又来了。2015年，修订后的《中华人民共和国促进科技成果转化法》正式施行，其中"鼓励研究开发机构、高等院校与企业相结合，联合实施科技成果转化"的提法，让当时仍在读书但有强烈创业冲动的舒强为之振奋。

"次年，我们就向学校打报告表示，线控底盘技术非常有前景，眼下是科研成果产业化的好时机，并表达了创业意愿。"他说。

在产业技术变革、政策号召鼓励、学校和导师支持"三大利好"下，2016年，正在读研究生二年级的舒强与两位导师一同创立同驭汽车，专注智能线控底盘关键技术的研发和产业化。

成立联合实验室，产学研协同不断"进化"

"企业出题，高校答题"是产学研合作的经典模式。把自己的两位导师——国家"973计划"首席科学家余卓平教授和同济大学汽车学院副院长熊璐教授拉入创始人团队，舒强顺理成章地采用了这一模式。

随着公司的高速发展，产学研协同创新的模式、机制也在不断"进化"。3年前，同驭汽车从市场嗅得商机，准备将驻车制动和行车制动两个系统整合为一个产品，但在攻克"驻车力矩"问题上遇到了困难。攻克这一难题需要大量且精确的数据，企业无法通过实车试验等方式去获取，而同济大学汽车学院恰恰拥有大量相关数据。

2021年，同驭汽车投入100万元，与同济大学汽车学院成立"智能汽车线控底盘联合实验室"，双方设立共同课题集中攻关，此次获奖的"集成电子驻车的线控电子液压制动系统"就是双方"共同出题、共同答题"的结果。在"同题共答"的紧密合作中，同驭汽车团队设计了一种全新系统构型，同济大学研发团队则负责整体架构及功能设计，并完成了近百次软件算法优化及实车验证。

从技术到人才，校企合作跑出加速度

伴随创新范式的变革，如今许多高科技领域并非严格遵循"0—1—10—100"的分段式转化，而是在最初的成果出现后就进入转化阶段，并在转化过程中不断迭代、加速落地并产生新的成果。"智能汽车线控底盘联合实验室"的成立，让同驭汽车在技术研发上进一步提速。短短两年多，联合实验室已完成3个课题，目前正在进行一项课题研究，还有一个酝酿中的课题"在路上"。

比如，在同济大学研发团队的技术支持与协助下，同驭汽车完成了项目产品的总装线研制及柔性化升级，将换型时间由6小时减少到半小时，大幅提升了生产效率。在舒强看来，企业的优势在于市场嗅觉和应用研究，而产业化道路上的许多关键技术需要大学的基础研究托底支撑。

眼下，同驭汽车与同济大学的校企合作仍在不断深化。作为同济大学汽车学院创新人才培养实践基地，汽车学院的学生可以到同驭的工厂车间实地感知企业的一线需求，以便更好地学以致用。

据测算，2030年中国线控底盘核心部件产值将达2 000亿元，增速迅猛，前景广阔。实现"从0到1"跨越的同驭汽车已跻身国内汽车智能驾驶系统一级供应商之列，并迅速成长为我国智能底盘关键技术的领跑者。下一步，他们将目光瞄准了更多汽车智能线控底盘上的核心部件。

产学研深度融合推高"中国智造"
——上海:一个科技奖项的"促智"之法

来源:《经济参考报》
记者:董雪
时间:2024年1月8日

产学研的深度融合正在推动"中国智造"加速崛起。围绕国家重大需求,加快关键核心技术攻关,打破智力创造与生产制造之间的壁垒,多方合力共创共建,这种具有鲜明特色的创新体系和实践路径,成为推动科技成果高效转化、赋能产业转型升级、构建新质生产力的坚实支撑和不竭动力。

1月5日,2023年"上海产学研合作优秀项目奖"(简称"上海产学研奖")揭晓。40个获奖项目不仅攻克了核电站、空间站、海洋油气勘探需要的许多核心技术,还解决了手术机器人、绿色建筑、康复训练等一批老百姓关切的问题。

"这个奖项是上海为推进产学研深度融合而设立的唯一奖项,设立15年来累计评奖249个,涉及236家企业、46所高校、40个科研院所。"上海科技成果转化促进会(简称"上海科促会")会长朱英磊表示,助力上海建设具有全球影响力的科创中心,科促会将继续发挥"铺路石""呐喊者"与"助跑者"的作用,让更多"科技之花"结出"产业硕果"。

华能石岛湾高温气冷堆示范工程首台反应堆压力容器吊装就位

一批产学研成果迎来高光时刻

反应堆是核电站的"心脏"。记者从上海电气核电集团了解到,600兆瓦高温气冷堆核岛主设备批量化制造的关键技术取得了重要突破,已具备成套供货能力。

"从1995年开始研发10兆瓦项目，到现在600兆瓦项目进入商用，我国在高温气冷堆领域实现了'跟跑'到'领跑'的跨越。"上海电气核电集团技术发展部部长盛旭婷说，高温气冷堆的优势是安全，即使丧失所有冷却能力，不采取任何干预措施，也能保持安全状态，在化工、规模供热等领域有独特优势。

创新动力来自一段持续近30年的产学研合作。清华大学核能与新能源技术研究院负责产品设计，上海电气核电集团负责制造技术，双方瞄准高温气冷堆关键核心技术互补长短，互相促进。"我们不以资金为纽带，而是以国家需求为牵引合力攻关。"盛旭婷说。

这是2023年上海产学研合作优秀项目奖两大特等奖之一。另一个特等奖是医工结合的代表性成果——"鸿鹄"关节置换手术机器人，由上海交通大学医学院附属第九人民医院和微创医疗公司共同打造。此外，先进热冲压技术、航空自润滑关节轴承、高性能铝基复合材料、智能磁传感器关键芯片、超高分子量聚乙烯极端流变注塑成型技术等5个项目获得一等奖，另有二等奖8个、三等奖16个、提名奖9个。

朱英磊介绍，2023年上海产学研合作优秀项目奖获奖项目特征明显，代表着上海科促会一以贯之的鼓励方向：围绕国家重大需求，在各自领域实现了核心技术突破；紧贴人民生命健康，努力让生活更加美好；基本覆盖了集成电路、生物医药、人工智能等战略性新兴产业。

产学研合作水平不断提高

"鸿鹄"关节置换手术机器人2022年在国内获批上市，现已走出国门远销海外，并从聚焦于膝关节升级为髋膝关节一体。作为辅助工具，它不仅可以帮医生提高手术精度，也给关节畸形病患带来治疗机会。

上海交通大学医学院附属第九人民医院骨科主任医师李慧武告诉记者，研发"鸿鹄"关节置换手术机器人始于一次特别的讨论。当时，医院成果转化办公室主任许锋牵头，骨科医生、医疗器械工程师、导航技术专家等七八个人围坐在一起，讨论关节手术面临的问题。"我国有超过500万患者接受关节置换手术，但这类手术对精准性要求极高。如果研发出手术机器人，我们可以大幅提升手术成功率。"李慧武说。

从立项到上市，再到迭代，产学研的"基因"贯穿始终。有一段时间，进手术室成为工程师的日常。微创医疗旗下苏州微创畅行机器人公司研发总监邵辉表示，工程师一定要了解医生的工作，知道手术是怎么做的。医生也要懂一些技术，有时候只想技术很简单，但专利可能已经被申请了。

"产学研合作水平如今又有明显提高，产业链协同创新、长期合作效应与拼搏精神更加显著。"朱英磊梳理十余年来的获奖项目发现，一些领军企业龙头带动作用明显，联合科研院所和上下游企业，针对行业共性难题开展协同攻关。

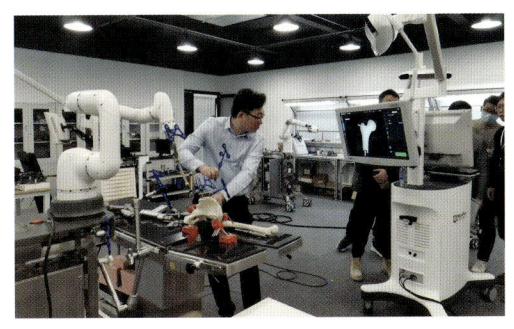

李慧武医生测试髋关节手术机器人样机

朱英磊以此次获得一等奖的项目举例介绍，宝钢与上海交通大学、上汽通用五菱汽车公司的合作可以追溯到2005年，模式经历了单一项目、细分领域、集群式战略合作三次提级，目前实现了先进热冲压技术国产化，相关零件在五菱汽车上大量应用。

从授人以鱼到授人以渔

"早在本世纪初，上海市政协已着手考虑在企业和高校间搭桥梁。"朱英磊说，当时中小微企业对科技的需求强烈，但中间平台供给不强，作为参政议政的平台，上海市政协为全面贯彻落实上海科教兴市战略，于2003年9月正式成立上海科技成果转化促进会。

同年，上海科促会推出"联盟计划"和"助推计划"，分别为有科技需求的企业对接科研机构，帮助科研机构找市场转化成果。两个计划一经推出便持续运行了十余年时间，每年服务项目70个左右，投入并撬动的产学研资金总数达到7 000多万元。

随着政府部门支持中小微企业的力度加大，社会上的科技成果转化促进平台雨后春笋般出现。"科促会的历史任务已经完成，助推产学研深度融合的方式也要与时俱进，上海产学研奖在2009年应运而生。"朱英磊说。

上海产学研奖由上海科促会、上海市教育发展基金会、上海市科协主办，面向上海科技型企业以及与之合作的高校和科研院所，每年评选一次。朱英磊总结说，产学研合作成功的关键在于规划目标明确、责权利明晰、组织机制严谨、运作紧密高效。合作机制是校企产学研稳定运行的基本保障，获奖项目探索出的经验可以为业界所借鉴。

"希望用奖项的影响力和带动性，激励有代表性的产学研项目，弘扬产学研合作的科学理念，宣传产学研合作的基本方法，总结产学研合作的成功规律。"朱英磊说，一个奖走过15年，从授人以鱼到授人以渔，上海科促会将深耕产学研合作，努力扩大引领和示范效应。

九院3年成功转化金额达4.7亿：医疗科研的"酒香"了，如何走出"巷子"？

来源：上观新闻·医声医事
作者：黄杨子
时间：2024年1月11日

上海交通大学医学院附属第九人民医院

在办公室打开电脑摄像头，一张可爱的圆脸出现在上海交通大学医学院附属第九人民医院院长、耳鼻咽喉头颈外科学科带头人吴皓的屏幕上。内蒙古女孩薇薇热情地挥舞着手，"您能看见我吗？"2019年，重度听力障碍的薇薇接受了听觉脑干植入手术（ABI）。从无声世界将其"解救"出来时，吴皓心中燃起了新的一团火：要打破无国产听觉脑干产品的困境。

那一年，在上海医疗机构中率先推出的《九院职务科技成果转化管理办法》迎来了精心修订的第二版。两年后，厚实的土壤结出硕果：吴皓团队牵头研发的我国首款听觉脑干植入装置wh-01a（sd）型问世，并成功完成成果转化签约。与当时的薇薇同样年纪的小亮，成为第一位受益的幸运儿。

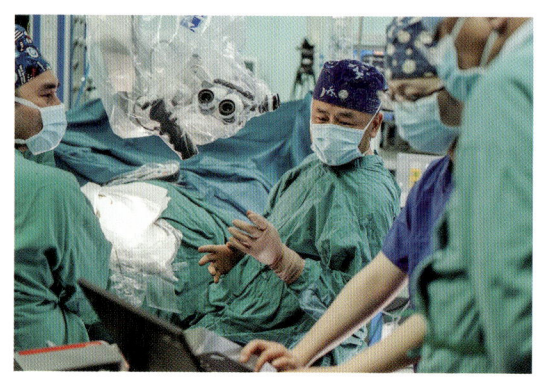

吴皓团队

从医疗专家，到科学家，再到发明家，手握专利在九院医生中似乎并不再是稀罕事：2020年至2022年，九院共签约80个成果转化项目，协议金额高达4.7亿，2022年，更成为唯一获得第4届上海知识产权创新奖殊荣的医疗机构。日前，九院"让专利走向市场，构建公立医院成果转化全流程管理体系"

项目入选第 6 届"上海医改十大创新举措"。

长期被诟病只停留于上游研究,无法进入下游产业的医学科研创新,在九院是如何避免"沉睡"的?

变"小循环"为"大循环"

作为"专利生产大户",以上海某大学为例,附属医疗机构与大学本部的专利数量几乎相当。近年来,各大医院聚焦科研成果转化的风气愈发积极,但数据显示,我国每年医学科技成果转化率低于 8%,低于全领域重大科技成果的平均转化率 20%,更远低于美国和日本接近 70% 的同领域转化率。

低在何处?吴皓直言,"医学成果转化面临的瓶颈很多,包括研究缺乏'有始有终'的设计,政、产、学、研、金、服、用的闭环缺乏有效协作,跨界的多栖专业化人才缺乏培养和招募机制。"

打通转化之路,则需一一击破桎梏,首先是针对项目质量的提升。亦有不少专家曾提到,医院目前大多开展的"小发明"多、"大突破"少,走到转化阶段时,往往难以成为企业的首选。正因此,九院注重培育高价值专利,紧扣"医工交叉",先后落地上海市生物材料研究测试中心、全链条设计 3D 打印技术临床转化中心、生物材料与再生医学研究院、手术机器人临床研究中心等。2019 年初,戴尅戎院士团队"定制式增材制造膝关节矫形器"获得二类医疗器械注册证。这是自上海启动注册人制度以来,首个由科研型企业申请到的医工结合类医疗器械注册证;2020 年初,在《定制式医疗器械监督管理规定(试行)》正式实行的首个工作日,九院又取得了"个性化骨盆假体(定制)"定制式医疗器械备案许可证。

"酒香"了,如何走出"巷子"?吴皓说,一是要找对方向,二是要有引路人。"以往的创新模式,大多是科研、论文再到科研的'小循环'。现在,我们要把科研和论文都变成产品,让'大循环'最终服务患者。"副院长、整复外科主任李青峰所在的领域,从"同体换脸",到瘢痕、血管瘤,再到神经纤维瘤,征服着一座座医学高峰。近年来,他研发

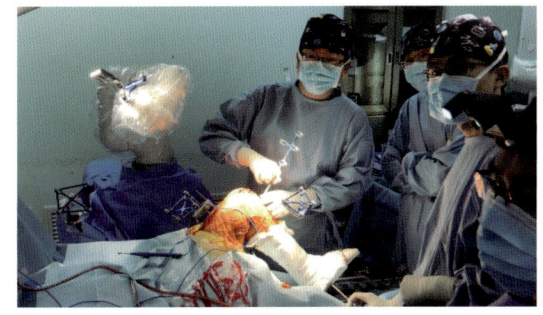

李慧武团队

干细胞介导皮肤再生新技术,并突破人体脂肪组织作为修复材料的难点,九院最终独家转让其团队的一项干细胞技术,曾创下院内医生职务科技成果转化金额的最大单。

"医生更擅长拿的是手术刀,让'小循环'成为'大循环',还得依靠专业团队。"他颇为感慨,"九院的许多扶持政策是未雨绸缪的。早在2011年,医院就设立了成果转化办公室,我们提出需求和期待,最终见证一个个'点石成金'的奇迹。"

让工程师站到手术台旁

与之打过交道的医生都说,成果转化办公室"不像行政部门,更像服务平台"。作为九院知识产权、成果转化管理的专门机构,一些鲜在医院出镜的角色聚集一堂:专利代理人、技术经纪人、律师、经济师……他们的共同职责,便是帮助医务、科研人员做好专利保护和技术转移。骨科主任医师李慧武第一次敲开办公室门时,带着深深的疑惑,"我们每年做几百台手术,其中不乏骨关节炎患者。这一群体的数量在我国高达1.2亿,需接受人工关节置换者逾500万。进口产品不仅成本昂贵,也无法后续进行调试,我们需要一台能保证医疗质量、价格更实惠、属于中国人自己的膝关节置换手术机器人。"构思有了,但谁能把它造出来、最终批量生产?

繁重的临床、科研工作势必让医生无法常常"跑"来转化办。为此,转化办主动伸出枝条,在全院多个学科培养了知识产权工作者,作为兼职知识产权联络员,不仅进一步壮大了知识产权与技术转移服务网络,也规范了各学科的知识产权管理和医疗科技成果使用、处置和收益管理。

如月老一般,九院转化办始终积极为医生寻觅、匹配着最合适的拍档。在咖啡馆,医生与企业负责人面对面谈需求;在手术台,工程师揣摩术者每一次动作的核心,最终形成图纸零件;在会议室,大家一同"磕"细节,力求避免任何与现有专利产品撞车的可能。最终,高达97%的国产化部件构成了关节手术机器人"鸿鹄","飞得又高又远",是九院和上海微创医疗机器人(集团)股份有限公司团队赋予它的寓意,如今,来自中国上海的"鸿鹄"真的飞出国门,成为唯一获中国、美国、

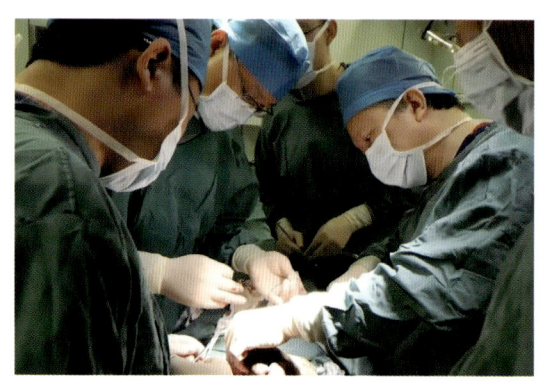

李青峰团队

欧洲、巴西、澳大利亚等 5 个国家（地区）注册认证的国产手术机器人，并在美国也形成销售，打开了广阔的产业化升级空间。

以高价值专利为核心，向前覆盖专利挖掘与布局，向后延伸到转移转化，转化办做着"筑梦"的工作，全过程推动、加快创新药物和医疗器械的研发，最终保障医疗机构、成果发明人和企业三方的合作利益。迄今，各企业与九院合作的转化项目已取得 20 张医疗产品注册证，意味着已有 20 个产品造福广大病患，真正实现了医疗"专利"变病患"福利"的医学创新研究目标。

破题转化中的医疗公益性风险

2022 年 11 月，市科委、市卫健委等 8 部门联合印发《上海市促进医疗卫生机构科技成果转化操作细则（试行）》，首次以文件形式避免了医疗机构转化在"灰色地带"游走，明确了成果处置路径：一般情况下，医疗机构可自主决定采用转让、许可或作价投资；在确定价格方面，医疗机构应通过协议定价、在技术交易市场挂牌交易、拍卖等方式确定价格；结合医疗机构实际，细化净收入计算方式，保障单位权益。

"此前，我国少有医生允许持股案例，医疗机构也鲜有设立专利转化公司，转化利益背后如何保证公益性缺少定论，一定程度上阻碍了转化进程。"吴皓介绍，院内所有项目均由转化办统一整合、落地，避免出现一旦后期实际市值高，可能触发的财务乃至医疗公益性等风险，清晰明确价值与成本，真正激发转化活力。

除此之外，《上海市促进医疗卫生机构科技成果转化操作细则（试行）》也特别强调鼓励科技成果转化的服务人员："医疗卫生机构可从职务科技成果转让、许可净收入中提取不低于 10% 的经费，用于保障技术转移部门运行，推动专业化发展。"而九院早在 2017 年出台的《职务科技成果转化管理办法（试行）》中便提出，成果转化收入的主要部分奖励都属于项目团队或个人所有，扣除医院在项目研发过程中的投入资金后，约 80% 给予团队。

数十项制度文件、近百项表单，如今已成为九院把握科技创新成果转化"方向盘"的有力抓手。"创新是医院发展的重要法宝，但发展的成果，最终要落实到解决临床复杂疑难疾病和患者就医的问题上。"党委书记马延斌说，在高质量发展的浪潮下，九院将知识产权运营规范体系建设继续写入"十四五"规划，加速步伐，最终实现更多成果转化走通最后一公里。

第四代核电领域再突破 上海电气产学研合作结硕果

来源：环球网

记者：马牧野

时间：2024年1月12日

近日，2023年"上海产学研合作优秀项目奖"揭晓，由上海电气核电集团与清华大学合作完成的"600MW高温气冷堆主设备研发及产业化项目"荣获特等奖。两家单位在国家科技重大专项"200MW高温气冷堆核电站示范工程项目"的基础上，突破了压力容器整体热处理及变形控制、蒸汽发生器结构优化和内件组装、螺旋盘管组件流致振动试验等技术难关，并通过技措投入，形成了具有自主知识产权的600兆瓦高温气冷堆主设备产业化和成套供货能力，技术水平达到国际先进、国内领先。

前不久的2023年12月，上海电气参建的华能石岛湾高温气冷堆核电站完成168小时连续运行试验，正式投入商业运行。石岛湾高温气冷堆示范工程是我国具有完全自主知识产权的国家重大科技专项标志性成果，也是全球首座第四代核电站。上海电气作为重要参建单位之一，提供了反应堆压力容器、金属堆内构件、控制棒驱动机构、吸收球停堆系统、汽轮机、主氦风机、氦气压缩机等主要设备，历经十余年攻关，自主研发制造，先后攻克了多项关键技术，助力整个工程设备国产化率达到93.4%。

在"双碳"目标的引领下，我国确定了到2025年在运、在建核电装机量达1亿千瓦的目标。国家"十四五"能源发展战略规划明确，核能领域实现600兆瓦高温气冷堆的商业化应用，建成以高温气冷堆示范工程为平台、以标准规范和专利为核心的完整自主知识产权体系，形成世界领先的高温气冷堆系列型谱产品。上海电气核电集团和清华大学核能与新能源技术研究院通过多年联合攻关，使我国成为世界上为数不多的掌握高温气冷堆技术的国家，并推动该技术进入了商用阶段，助力我国从"核大国"向"核强国"迈进。

更安全、更高效的第四代核电技术先进堆型

纵观核电发展历程，用气体作为冷却剂的气冷反应堆技术大致经历了4个发展阶段：早期气冷堆、改进型气冷堆、高温气冷堆和模块式高温气冷堆。高温气冷堆作为第四代核能技术之一，是国际上公认的具有固有安全性、核热转换效率高和用途广泛的先进核反应堆堆型。

高温气冷堆停堆系统

上海电气核电集团技术发展部部长盛旭婷介绍，与现有主流的压水堆技术相比，高温气冷堆更安全，以氦气为冷却介质，采用TRISO包覆颗粒燃料构成的"全陶瓷型"球形燃料元件，它具有在不高于1 620℃的高温下阻留放射性裂变产物释放的能力，堆芯设计保证在任何运行工况和事故情况下，燃料元件最高温度不超过其安全限值1 620℃。高温气冷堆设置两套独立的停堆系统：控制棒系统和吸收球停堆系统，控制棒和吸收小球都依靠重力下落实现停堆功能，提高了停堆系统的可靠性，被称为不会熔毁的反应堆，具有第四代先进核能系统的安全特征。在效率上，采用了高温气体作为冷却剂，未来反应堆堆芯出口温度可达750℃，甚至950℃以上，采用蒸汽透平发电技术发电效率可达42%以上，采用氦气直接透平循环发电技术发电效率可达50%以上。此外，能够模块化设计和组建的高温气冷堆，可以根据不同的应用场景配套不同的核电站功率，使得电站建造更加灵活。

在应用前景方面，盛旭婷认为，高温气冷堆产生的高品质工艺热和高参数高温蒸汽可广泛应用于供热、化工等领域。供热方面，高温气冷堆因不仅可以满足绝大多数领域的热力需求，并且凭借固有安全性使其能够贴近用户建设，实现供热安全性和经济性的平衡，有良好的供热应用潜力。化工方面，以高温制氢为例，在我国制定的《氢能产业发展中长期规划（2021—2035年）》中，明确了推进核能高温制氢等技术研发的产业布局要求。利用反应堆堆芯出口温度进行碘—硫热化学循环规模化制氢，是高温气冷堆未来的重点应用领域。

"高温气冷堆作为当前我国具有完全自主知识产权的四代堆技术，其示范工程已正

式投入商运，产业化路径明晰。在相关装备领域，上海电气核电集团历经首台样机突破、核岛关键设备工艺优化等，目前已经形成反应堆压力容器、金属堆内构件、控制棒驱动机构、吸收球停堆系统等核岛关键部件批量化生产能力，是目前国内现在唯一一家具备高温气冷堆核岛主设备成套供货能力的装备制造企业。"盛旭婷说。

产学研深度融合助力我国核电技术领跑世界

更安全、更高效的第四代核电技术先进堆型

600兆瓦高温气冷堆主设备研发及产业化的实现，离不开产学研深度融合这把"成功之钥"。盛旭婷介绍，上海电气集团与清华大学关于高温气冷堆技术的合作可以追溯到1995年。彼时双方主要依托国家"863计划"，围绕10兆瓦高温气冷实验堆展开合作，上海电气核能领域相关企业为实验堆供应制造相关主设备。

2006年，高温气冷堆被列入国家科技重大专项。而后的2008年，《高温气冷堆核电示范工程国家科技重大专项总体实施方案》获国务院批准。至此，上海电气与清华大学之间的合作进入了崭新阶段，双方围绕国家科技重大专项以及石岛湾高温气冷堆示范工程展开多层次多渠道合作。2013年，上海电气集团与清华大学签订推进高温气冷堆设备产业化战略合作框架协议，共同促进高温气冷堆示范工程的设备供货及关键设备技术研究。2018年，双方在国家科技重大专项的基础上，开启600兆瓦高温气冷堆主设备研发和批量化制造的攻关新篇章。

据了解，针对600兆瓦高温气冷堆的主设备项目，上海电气核电集团与清华大学核能与新能源技术研究院建立了"规划目标明确，责权利明晰，组织机制严谨，运作紧密高效"的产学研合作模式。双方明确责任分工，联合组建了研发工作组，下设1个设计及验证分课题组和4个主设备研发分课题组，由上海电气核电集团技术发展部负责产学研合作管理、科研项目定期跟踪和协调推动；邀请核电领域的院士和专家组成专家委员会，对研发工作进行指导；建立定期协调机制，确保研究课题的有序推进。

盛旭婷表示，上海电气核电集团坚持将科技创新作为发展道路上的重要抓手，牢牢把握科技引领创新驱动的思路。在核电集团内部，以我国"热堆－快堆－聚变堆"核能"三步走"发展战略为指引，立足装备制造主责主业，联合上游设计院开展多元科研合作模式，推动新一代核能技术与能源装备的创新工作。通过夯实自己的核心技术能力和做好内外部制造研发资源的整合、配置，支撑好每个先进核能技术路线研发和重大工程产品研制，将先进的技术转化成稳定高效的制造能力一直是上海电气核电集团努力的方向。

致力于续写新时代"中国核电"的新篇章

碳中和背景下，核能将成为未来能源结构关键一极。近年来，我国核电领域发展进入加速期，《"十四五"现代能源体系规划》中提到积极安全有序发展核电，要求到2025年核电运行装机容量达到7 000万千瓦左右，相比2022年末的5 563万千瓦增长25.8%。

作为国内最早从事核电设备制造的企业集团，上海电气核电产业集群的发展轨迹几乎与中国核电产业同步，核电集团的历史最早可以追溯到20世纪70年代，创造了中国与世界核电领域的多个"第一"。上海电气核电集团有限公司致力于打造国内领先、受行业尊敬的具备核岛集成供货和综合服务能力核电装备制造集团和核安全文化示范基地。面对行业机遇，上海电气核电集团明确"1+3+X"的战略目标，秉承"改进过去，攻关当下，研发未来"的科技研发总方针。改进过去方面，核电集团将相对成熟、已批量化产品中的部分技术进行改进，作为不断螺旋上升，持续优化，进而提高质量、提高效率，降低成本的抓手；攻关当下方面，围绕国家先进核能的重大工程任务和市场需求，攻关技术难题，力争向用户提供高质量的首台产品；研发未来方面，核电集团对未来五至十年可能出现的产业机遇也在提前布局。

除高温气冷堆主设备之外，"十四五"期间，上海电气核电集团还有多项技术成果突破。三代压水堆领域，上海电气核电集团深度参与并推进"华龙一号"和"国和一号"主设备产业化和标准化，特别在核级主泵国产化进程取得阶段性成果。先进核能系统领域，积极参与2兆瓦液态燃料钍基熔盐实验堆项目和福建霞浦600兆瓦核电站工程的关键核心设备研制和供货。聚变领域，2023年上海电气核电集团交付紧凑型聚变装置EXL-50U真空室和全高温超导托卡马克HH70主设备装置。此外，上海电气核电集团全力推进国家重大科技基础设施项目大科学装置CRAFT TF线圈盒的首台研制，并积极参与到国际 ITER 项目中。

"通过多年深耕，上海电气核电集团坚持技术探索和制造攻关，不仅在硬实力上有显著成果，软实力也得到了极大丰富，积累了丰富的关键制造技术、管理经验及核安全文化。未来，上海电气核电集团将继续全面聚焦国家核能战略和重大工程的研发任务，推动'双碳'目标的实现和中国核工业高质量发展。"盛旭婷说。

报道摘录

摘自《新民晚报》2024年1月5日《破圈融合打通成果转化快车道——"上海产学研奖"始终关注从实验室到市场"无缝链接"》，记者马亚宁。

1 左手创新链　右手产业链

　　创新链、产业链、资金链、人才链各自为链，却有着共同的交汇点——企业。以企业为创新主体，将促进创新链和产业链的深度融合。特别是，龙头企业依托市场和机制优势，在聚集科技创新要素、推动科技成果转化方面发挥了重要载体作用，有效带动了产业链上、下游企业，盘活产业链各要素。这次获奖项目中，以企业创新为主体的产学研项目硕果累累。

　　例如，一等奖项目"先进热冲压技术研发和产业化应用"的三方合作最早可追溯到2005年。宝钢围绕企业发展战略和行业共性难题，携手高校、产业链上下游企业开展协同创新，充分释放"资本、人才、技术"等创新要素的活力，使跨行业合作产生共振效益，推动了产业链的高质量发展。十几年来，各方一直保持着稳定、紧密并不断升级的合作关系，从最初的单一项目合作，发展到领域合作，再到如今的集群式战略合作，每一步合作稳扎稳打，最终先进热冲压技术研发成果应用于五菱汽车，带来了良好的经济效益。

13项民生项目上榜　让生活更美好

　　紧贴人民生命健康，解决群众急难愁盼问题，产学研紧密合作可以让更多科技创新成果驶上创造美好生活的"快车道"。此次的产学研榜单中，共有13项科技民生项目上榜，集中在医疗健康、公共交通、生态环境等领域，数量较往年明显增加。

近年来，抗震抗压、防火保温、绿色低碳成为安居乐业的新关键词。由同济大学建筑设计研究院（集团）有限公司和龙元明筑科技有限责任公司、同济大学土木工程学院合作，历时4年形成的新型多高层钢结构住宅集成系统，具有装配率高、建造速度快、建造品质高、环保节能等特点，提升了装配式建筑的工业化制作水平，实现了100%干法施工，较传统混凝土住宅碳排量减少35%、得房率提高3%～5%，抗震性能、防火性能、密封性能、热工保温性能和施工效率都有明显提高。2018年至今，已累计产生经济效益5 000万元。

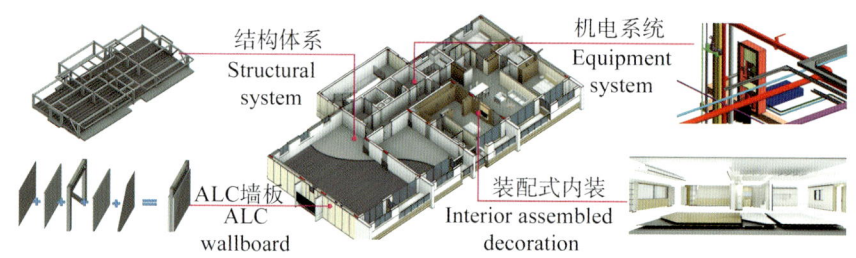

全装配式超低能耗一体化钢结构住宅体系成套技术剖析图

由上海澜澈生物科技有限公司和华东师范大学通信与电子工程学院合作的"结核分枝杆菌显微扫描仪的研制与应用"，将人工智能应用于显微光学检测设备中，在细胞、细菌形态学方向成功研制出基于AI系列的全自动智能镜检分析系统——首台结核分枝杆菌显微扫描系统。在机器的辅助下，以往7小时的检测工作，如今只需1小时即可完成，检测精度也得到了提升。项目成果已获批上海市第一张基于AI技术的医疗器械注册证，实现了国产替代，帮助企业形成核心竞争力。

脑卒中术后康复面临一道道难关。上海金矢机器人科技有限公司和上海大学工程训练中心合作，历时4年，构建了融合运动辅助和多感官刺激反馈于一体的沉浸式虚拟现实康复训练系统，可有效提升患者的体验度和恢复效果，对于提高脑卒中病人康复具有重要意义。"面向脑卒中术后人群的虚拟现实肢体康复系统研发与产业化"已取得了中国和美国注册证,产品覆盖全国十余省市、40多家医院和学研单位,同时还获世界人工智能大会"全球创新项目路演"TOP5优胜项目奖和中国康复医学会科学技术奖一等奖。

摘自 2024 年 1 月 5 日上观新闻·创新之城《上海产学研奖揭晓！国产手术机器人、核电高温气冷堆项目获特等奖》，作者俞陶然。

找到产学研合作"成功之钥"

党的二十大报告指出："加强企业主导的产学研深度融合，强化目标导向，提高科技成果转化和产业化水平。"在上海科技成果转化促进会负责人看来，加强企业主导的产学研深度融合，是经济加快发展和产业转型升级的捷径，但同时又是一道难题。上海要加快向具有全球影响力的科技创新中心迈进，就应进一步把产学研合作向前推进，成为全国的领头羊。

在推进过程中，上海产学研奖的评选可发挥重要作用。这一奖项弘扬了产学研合作的科学理念，宣传了产学研合作的基本方法，也助力提升了各类创新主体的合作能力。在总结获奖项目成功经验的基础上，科促会概括了企业为主导的"五个善于"，即"善于站高确立目标，善于发现自身不足，善于找到优质资源，善于形成高效合作，善于不断举一反三"。这些能力堪称产学研合作的"成功之钥"。

产学研合作是"双向奔赴"的过程。科促会负责人指出，除了企业的善作善成，高校院所和医院的科研人员也要进一步走出大门，主动满足企业需求，加快关键核心技术攻关和科技成果转化，使产学研合作成为学科发展的重要基础和生长点。

摘自《人民政协报》2024年1月8日《当好科技创新的"铺路石""呐喊者"和"助跑者"——2023年"上海产学研合作优秀项目奖"颁奖表彰大会小记》，记者顾意亮。

3

党的二十大报告指出："加强企业主导的产学研深度融合，强化目标导向，提高科技成果转化和产业化水平。"上海科技成果转化促进会会长朱英磊表示，"过去的15载，科促会踏踏实实当好'铺路石'。上海要当好科技创新的'排头兵'和'领头羊'，就要进一步把产学研合作向前推进。下一个15年，科促会将继续当好'呐喊者'和'助跑者'。"

摘自东方网2024年1月5日《产学研精准对接结出硕果 这项"中国智造"让昂贵专利变患者福利》，记者王佳妮。

4

除了真正降低老百姓的治疗成本，国产化自主研发的产品在"迭代更新"方面也更有自主权。李慧武举例说，如果机械臂是自主研发，团队就可以不断地进行迭代更新。比如第一代是膝关节手术机器人，后续就可以升级用来做髋关节手术，再升级用来做脊柱手术。"虽然自主研发前期的路会很艰辛、很漫长，但一旦成功，后续将会有无限升级的可能，甚至走向世界领先的水平。"

媒体人手记

那些"数字"和"奖项"背后的故事

顾意亮　《人民政协报》

很多时候，我们都说，比起文字，数字更能说明问题。每一年的"上海产学研合作优秀项目奖"，我们作为受邀的媒体人，任务就是把和一等奖、二等奖……相关的那些数字，转化为文字，比如："鸿鹄机器人也叫咖啡机器人，因为它诞生之初，就是几个医生和工程师在咖啡店开脑洞的一个结果……"又比如："热泵空调不再是外资汽车品牌的'黑科技'，电动涡旋压缩机技术的国产化，有效填补我国自主品牌新能源汽车高效制热的技术空白……"等一个个或有趣、或振奋的故事。

记得 2021 年超强台风"烟花"袭来，上海之巅——上海中心无恙！彼时，我在现场看到，重达 1 000 吨的"上海慧眼"以肉眼可见的状态出现大幅摆动。采访归来，科促会会长朱英磊给我解惑："这是一个凝聚中国制造、上海能力、政协骄傲的优秀项目。"自上海中心于 2016 年建成以来，"上海慧眼"曾在迎战台风"安比""利奇马"时发挥过重要作用。作为荣膺"2020 年度上海市产学研合作优秀项目"特等奖的"超高层摆式电涡流调谐质量阻尼器的研发及应用"产学研合作案例，正是"上海慧眼"的源起所在。

"上海产学研合作优秀项目奖"弘扬了"产学研合作"的科学理念、宣传了"产学研合作"的基本方法、助推了"产学研合作"的能力增强。从表彰大会上走来的那些科技人和科技故事，为更多有志于走"产学研合作"康庄大道的企业、高校、科研院所"打了个样"！

上海要当好科技创新的排头兵和领头羊，就要持续把产学研合作向前推进、再推进，也就需要更多如科促会这样数十年如一日踏踏实实当好"铺路石"的单位。记得朱英磊会长说过，"科促会将继续当好'呐喊者'和'助跑者'。"作为媒体人，我们也愿意藉着自身的使命感和责任感为科促会当好"呐喊者"。当然，如果允许的话，我们更愿意用眼中的光和手中的笔，当好"助跑者"背后的"助跑者"。

媒体人手记

一切皆缘

姜晓凌　《上海科技报》

　　一切皆缘，走近科促会。行走21年，经常出入政协大门，因着这份缘，因着敬佩之心，因着能够关注更多的创新创业主体，因着记者这份职业特别难得的使命感，我努力着、喜欢着。

　　随着科技革命的不断深入发展，产学研合作日益成为科技创新的重要手段。如何让产学研之花常开常新？如何打通产学研融合的"任督二脉"？如何为产学研对接活动搭好台子、拓宽路子？写好"企业出卷、政府搭台、院所破题"这篇大文章，这是科促会构建新型产学研转化生态，发挥组织优势牵线搭桥，聚焦关键环节精准对接，助力合作政策落地见效的成功探索；也是我，作为从业30年、持续跟踪科促会报道的一名科技记者关注的重要话题。

　　这么多年里，科促会的老同志们搭平台、架桥梁，推动产学研合作互动发展，从他们身上，我看到了——今天的坚持就是明天的收获。所以，无论如何忙，科促会天天处于进行时。而我，也在一次次投入采访中，将"潜能"化为"显能"。

　　有这么一句话，现在的工作是"既要，又要，还要"，同时处理"两难、三难、多难"问题，努力在多重目标中寻求动态平衡。实践告诉我，人的感觉一旦过于良好，就不想突破创新，守成的心态就会重一些。

　　确实如此，每年产学研奖的报道，最难的就是克服疲乏感，尽可能写出些新意。作为一种相当耐看，颇具吸引力的报道类型，科技新闻报道中的变与不变，其实就是瞬间背后的坚持和常规背后的突破。获得上海市科技新闻奖二等奖的《科技成果往"下"沉 企业需求朝"上"走》一文，让我一直在思考这样一点：各种业务锻炼，都是最好的积累。每一篇特稿都像是在解题，就像是匠人在打磨手艺；而这种打磨，需要长时间对自我提要求，也需要长时间的耐心和积累。

　　结缘21年，我见证了科促会的成长成熟，为她每一次的创新感到自信、惊讶。结缘21年，我也从一个执行层记者到了报社领导班子成员，我庆幸自己曾经有这么一段历练综合能力的日子。

搞科创，是需要一点精神的

戚尔达　市政协新闻传播中心

从到《联合时报》工作开始，联系采访上海科技成果转化促进会差不多10年了，第一次写这样一篇媒体人手记，不知从何落笔，就谈谈采访咱们科促会最深刻的印象和体会。

实，这是底色。从科促会创办之初，蒋以任主席就提出科促会是要办些实事的，王荣华副主席担任会长时期一直到朱英磊同志担任会长时期，这个"实"字从未褪色，反而越擦越亮，成了名副其实的"金字招牌"。采访科促会之初，科促会每年有联盟计划、助推计划，也举办上海产学研合作优秀项目奖，取得的成果不胜枚举，每年两个计划、一个奖的颁奖大会上，我看到的都是高校代表、企业负责人发自内心的感激和咱们科促会同志们的欣慰，这是干实事、干成实事后的水到渠成。这些年，科促会真正当好了"红娘"、搭起了"桥梁"。

融，这是追求。朱英磊会长曾告诉我，助推产学研深度融合的方式必须与时俱进，因此，做强上海产学研奖成为当下的重中之重，用奖项的影响力和带动性，激励有代表性的产学研项目，弘扬产学研合作的科学理念，宣传产学研合作的基本方法，总结产学研合作的成功规律。就这样，一个奖走过15年，从授人以鱼到授人以渔，咱们科促会深耕产学研合作，努力扩大引领和示范效应。

每年拿到当年获奖的案例集，总能看到实的作风、融的成效，看到那么多科技之花在科促会同志们辛勤浇灌下结出的产业硕果。振奋，更感动！感动于全市科技工作者、高校人员、企业负责人勇攀高峰、力促融合转化的坚定意志，更感动于这个城市努力建设科创中心的昂然状态，也感动于咱们科促会二十多年深耕"成果转化"领域甘当绿叶勇为铺路石、呐喊者、助跑者的担当作为。

记得科促会的老领导孙正心同志有次采访时曾深有感慨地对我说，搞科创，当然要体制机制保障，但终究，是要一点精神的。这个精神是什么？上海科技成果转化促进会20余年的实践便能给出最好的诠释。

让"上海产学研奖"报道"授人以渔"

俞陶然 《解放日报》

我报道了三届上海产学研合作优秀项目奖,这个为推进产学研深度融合设立的上海唯一奖项给我留下了深刻印象。"上海产学研奖"在评选和后续宣传上的一大特点,是获奖项目介绍材料详实,给记者提供了大量一手素材,而且作为主办方的上海科技成果转化促进会从中提炼出产学研合作的多种模式,将具体举措和成果上升到理论高度,给企业、高校、科研机构、医院等各类创新主体开展合作带来了启发。

业内人士都知道,产学研合作是一个老问题,也是"世界性难题"。不少发达国家在这方面做得也不是很好,比如我采访过一位曾在日本高校工作的中国科学家,他说日本很多大学教授埋头做研究,对与产业界合作并不起劲。党的十八大以来,我国在推动产学研合作、促进科技成果转化方面开展了大量制度创新探索,包括地方政府在内的相关部门也有很多新举措,提升了高校院所科研人员、医院医务工作者与企业合作的积极性。

在这个背景下,上海产学研奖近年来的改革举措具有重要意义,对上海进一步强化产学研合作,把高校院所和医院的科研成果转化为新质生产力起到了推动作用。比如在2023年上海产学研奖采访中,我报道了获得特等奖的"'鸿鹄'关节置换手术机器人系统研发及产业化"项目。上海交大医学院附属第九人民医院联合微创医疗机器人集团及多所高校,为何能研发出这款手术机器人?九院骨科主任医师李慧武说,九院成果转化办公室发挥了重要作用。医生平时工作很忙,虽然时常有发明、改进医疗器械的灵感,但缺少把灵感转化为产品的时间和精力,也不清楚应该找哪家企业合作。医院成果转化机构的专业化运行,破解了这个难题。

这就深入到了体制机制层面,不只是报道一个获奖项目,还具有"授人以渔"的借鉴价值。在上海科促会的支持下,我和同行们深入采访了多个获奖项目,希望为促进上海乃至全国产学研合作贡献一份媒体的力量。

为促进上海产学研深度融合"深蹲助跑"

许琦敏　《文汇报》

非常有幸，我在近几年能够参与到上海产学研合作优秀项目奖的报道中。

作为上海为推进产学研深度融合而设立的唯一奖项，"上海产学研奖"自 2009 年创设以来，见证了上海科技成果转化能级的不断提升。如今，该奖项的申报已覆盖全市 16 个区和主要科创园区，这无疑标志着以企业为主导的产学研走向深度融合，科技成果转化与产业化整体水平不断提高。

在报道过程中，我可以非常直观地感受到，伴随上海科创中心建设的推进，"上海产学研合作优秀项目奖"的"含金量"在近几年走出了一条上扬曲线，影响力不断提升，正成为上海提升科技成果转化能级的"铺路石""呐喊者"与"助跑者"。

科技自立自强，离不开企业立足国家重大发展战略，不断夯实创新实力，以产学研带动科技创新，促进产业转型升级。落实到每个具体的企业、每个生动的创新案例，他们走过的每一步都充满了坎坷与冒险，凝结着辛勤与汗水。在采访过程中，近距离观察他们深化产学研合作、协同攻关突破核心技术的过程，并从中探索出鲜活的创新模式，为促进上海产学研深度融合"深蹲助跑"，我经常被这些创新者的孤勇奋进、执着前行而感动。

这些项目的成功，离不开产学研合作的桥梁作用。我对这一奖项充满期待，期待更多的项目能够脱颖而出，获得这一荣誉；期待更多的企业能够深化产学研合作，提升科技成果转化与产业化的整体水平；期待这个奖项能够进一步推动上海乃至全国的产学研深度融合，为科技创新和产业升级注入新的活力。

附 录 1

长三角之声《思创空间》深度访谈：
上海产学研奖揭晓

2023年上海产学研合作优秀项目奖已揭晓，本市一批产学研合作意识强、合作紧密、成果丰硕的企业、高校院所和医院获此殊荣。《思创空间》邀请特等奖项目——"鸿鹄"关节置换手术机器人系统研发及产业化产学研合作方走进直播间，共同探讨产学研合作的"成功之钥"。

主持人：虹见

嘉宾：
上海科技成果转化促进会会长朱英磊
上海交通大学医学院附属第九人民医院骨科关节外科主任李慧武
上海交通大学医学院附属第九人民医院成果转化办公室主任许峰
苏州微创畅行机器人有限公司研发总监邵辉

第一部分访谈

主持人：我们的节目长期关注产学研合作话题，先请朱会长给听众介绍一下上海科技成果转化促进会。

朱英磊：好的。上海科技成果转化促进会简称"科促会"，是上海市政协下属的社会团体，创建于2003年。20年前，民营企业发展迅猛，对科技成果的需求旺盛，但社会可以供给的较少，科促会就搭建了这样一个平台，也是一座桥梁，让高校、科研院所的科技成果在这个平台上供给企业，实现转化。

5年后，经过上海市科委批准，我们又设立了"上海产学研合作优秀项目奖"（简称"上海产学研奖"），这是上海针对科技成果转化的唯一奖项，到今天已经举办15年了。

主持人：2023年的"上海产学研奖"评选情况怎么样？从您的观察角度看，呈现出什么样的趋势？

朱英磊：这个奖从无到有，15年来逐渐做大，越来越受欢迎，为什么？因为"产学研合作"重要，它是企业进步、经济发展的"捷径"。

2023 年的 40 个获奖项目已经揭晓，有几个特点：首先，这些获奖项目都是围绕国家重大需求，打破国外技术垄断，实现了某些领域的核心技术的突破；第二，这些获奖项目基本上涵盖了上海"3+6"现代化产业，体现了上海数字化转型、绿色低碳转型的成果；第三，其中有不少项目，比如今天要聊的"鸿鹄"手术机器人，就是紧贴人民生命健康，解决人民群众急难愁盼的问题，努力实现总书记提出的让人民生活更加美好的要求；第四，就是我们奖的主旨，即产学研合作水平比较高，上海的企业、高校、科研院所产学研合作水平在不断提高，比如获奖项目的产业链更长了，协同创新性更明显了，综合效益越加显著了。当然这里面还有很重要的就是拼搏奋斗精神，任何成功背后都是艰辛，中华民族的奉献精神和拼搏精神体现得非常明显。

主持人： 今天我们直播间将介绍"上海产学研奖"的特等奖项目"鸿鹄关节置换手术机器人系统研发及产业化"。首先请李主任给我们介绍一下这个项目，要解决什么样的问题，跟我们老百姓有什么关系？

李慧武： 好的。朱会长之前跟我们提到，把这么重量级的奖项颁给一个医疗行业，大概是第一次，我们觉得非常荣幸。项目得奖的最重要的原因就是这个项目紧密开展了产学研合作，也就是说这确确实实是产学研合作的一个结果。

骨科领域发病率最广，对人们健康威胁最大的一种疾病就是骨关节炎。白皮书中有统计，在中国大概有 1.2 亿人患有骨关节炎，60 岁以上的人，70%～80% 的人多多少少都有骨关节炎。对这类患者，治疗是分层级的，早期可以吃药打针，但是到了中晚期，就要接受手术，叫作关节置换手术，就是说把这个疾病的病灶清除掉以后，拿一个人工制品来替代它。这个手术总体上效果是不错的，但与我们的理想要求还有差距。长期随访下来我们发现，有很多病人即使接受了手术，仍然会产生疼痛，甚至是手术失效。如何提升手术成功率，让手术效果更好，一直是我们骨科医生的梦想。

基于这样的需求，我们研发了一个人机协同的机器人系统，人和机器人协同完成手术。通过机器人，手术的精度大大提高。过去我们肉眼想控制几毫米的误差都很困难，而机器人就能把误差控制在微米级，能够以 100 微米为单位去调节截骨的厚度和手术的精度，这样我们就梦想成真了。

主持人： 是您临床当中遇到了实际问题之后，想要攻克的吗？

李慧武： 这个项目的成功，我要感谢我们第九人民医院。九院有个特色和传统，就是几十年来致力于产学研合作和成果转化。九院设有专门部门——转化办公室来统筹，包括帮助医生跟企业间的牵线，直至专利申请和保护等等，解决了我们医生除了临床工作以外，对其他领域不熟悉的短板。

就拿"鸿鹄"项目来说，在2015年诞生之初，首先是由院转化办的许峰处长牵头协调。他组织医生、微创的研发人员及其他相关人员一起，在咖啡馆里进行多轮讨论和研究。因为对方是工程师，对医学领域陌生，所以首先就和我们医生一起来了解骨科领域现在最缺的是什么东西，临床困难是什么，然后一步一步推导到关节怎样运动，骨关节炎如何治疗等。一开始并不是奔着"要做一个机器人"的目标去的，而是在交流中，为了解决问题，一点一点得出的结论：需要研发一个机器人，需要利用人工智能这种工程师的技术技能和医生的临床经验一起结合来解决手术问题。

要研发机器人，就需要解决几个问题：第一，安全性问题，因为病人一听机器人给我做手术，首先担心的是靠不靠谱，安不安全，一刀把我切坏了怎么办？第二，就是精准性问题。我们要赢得竞争，我们的机器人要有哪些独特的特点？那就是微创，这是核心目标。

团队成立后，首先要有经费，我们制定了规划，申请并有幸拿到了"十三五"重点专项。在许峰处长的总体调度下，各方面密切配合，最终申请到了上千万元的经费。有了这些经费我们就可以启动我们想做的事情，一步一步地经过三代样机迭代，从最基本的一些底层技术的研发开始，最后历时将近7年时间，把机器人做成了。所以整个过程中，医院转化办的牵头、协调、润滑作用是功不可没的。

第二部分访谈

主持人：当医生在临床上有一个难题需要解决的时候，如果有一个平台，让医生找到支撑，可以知道该协调哪些资源。这是不是我们转化办公室最重要的作用？许主任。

许锋：确实是。因为临床医生除了繁忙的临床工作，还要不断钻研新技术，提高临床诊疗能力，优化医疗服务水平，还要写文章，申请基金来实现自己的想法，所以医生群体长期处于密集工作和学习的状态。他们在工作中不是满足现状，而是愿意去思考一些问题，找到一些创新路径，这是非常不容易的事情。成果转化办公室在这当中就是要做好医生的帮手，帮助他们快速实现想法，最起码能告诉医生，外界到底有多少人同时在做类似事情或有类似想法。

九院转化办公室是2011年成立的，医院领导高度重视医院的科技创新和成果转化工作。当医院需要其他研发机构联合攻关，或是需要企业参与产品化、产业化探索的时候,如何促进医生和不同相关领域的有效合作,真正帮助医生和企业形成有效的上下游链接,形成一个比较合理的成果共享机制,是非常关键的。归根到底,真正解决老百姓看病的质量问题是最紧要的。我想朱会长这么多年致力医工交叉等多领域合作的推进工作,也是基于这样的情怀。

主持人:我在想,当我们邀请一个特等奖项目团队来到我们直播间,我们不仅仅是展示成果,也希望这样一个特等奖案例背后有一些经验是可以给大家启发。在三位看来,在产学研合租过程中,有哪些经验值得分享,先请邵总跟我讲讲。

邵辉:谢谢主持人。在5年前,国产骨科机器人还属于空白的阶段,其实对于国外来说,也属于一个较新的方向。在这样的背景下,需要设计一款创新性的我们自己的国产产品时,会遇到很多现实问题,但当时我们就设立了全球视野,我们希望产品在国内做得好,在全球也能做得好。所以我们考虑到需要创造属于自己的产品知识产权。另外还有三个方面非常重要,第一个就是李医生提到的安全性,第二是精准性,第三就是良好的辅助性,就是帮助医生能够更快完成手术。有了这三个核心目标之后,我们设计方需要跟医生和临床团队去沟通每个手术的细节。李医生在这个过程中一遍遍跟我们描述手术现场,并且在我们技术语言和临床需求语言的碰撞过程中,产生了很多新想法。在和临床专家以及团队不断沟通、实验的过程中,形成良性反馈机制来确保产品质量。在这个过程中,我们可能每周或每月都会出现一个新的想法和设计。

朱英磊:刚才李主任、邵总提到这个项目得奖的成功要诀,基本都说清楚了。作为这个奖的组织方,我来体会一下他们的成功之钥,也是得奖项目的普遍规律。产学研合作的主体通常是企业,而这个项目有点特殊,主体是九院。在这个项目中,九院怎样发挥主体作用,我认为是做到了"四个清楚,一个更上"。第一个清楚是目标定清楚,瞄准最高目标,确定制高点。他们就是这样做的,就是要赶超世界最高水平。第二个清楚,即自身技术的长与短要弄清楚,找到最适合合作的高校、科研院所或者合作企业,像九院这个项目就找到了邵总,找对了。第三个清楚,找到了合作伙伴以后,合作需求要说清楚,便于合作方的理解支持和贡献优质资源。第四个就是人才培养要想清楚,要实现一举数得:技术要提高,产品要升级,同时人才队伍要升级。最后是要整体更上一层楼,就是我们要善于通过产学研合作,集聚优质要素,总结成功经验,最后优化企业经营管理,上升为企业文化。九院党委马书记就跟我说过,他说九院要形成九院文化,就是攻关、研究、拼搏。善用资源,加上拼搏精神,就一定会全面进步,不断发展。

主持人:特别好,我觉得朱会长给我们补充了一个新的视角,我们不仅仅是只看这个项目本身，还要扩展到合作的根本上，项目就像一个石子一样激起涟漪，然后改变整体，这个很重要。

朱英磊：在上海市政协领导和各方面支持下，科促会组织这个评奖，目的不是简单地就给他们戴个桂冠，而是要通过他们的典型示范，引导启发更多企业、高校，善于产学研合作，实现习总书记要求的"提高科技成果转化和产业化水平"的目标。

第三部分访谈

主持人：李主任，项目成功，您的经验是什么？

李慧武：一开始做这个项目的时候，还是挺不容易的，心里比较紧张。为什么呢？刚才邵总说过，对于手术机器人来说，国际上也是一个起步性阶段，国内我们甚至都没见过此类机器人，这一点不夸张。当我们决定做的时候，是从网上去先找图片，找资料，看一看这类机器人应该是怎样的。就在这样的条件下，我们起步去做。

另外，我们要取舍是否要做核心技术攻关。我们经常提核心技术攻关，但真正要做，这个事情是很难的，因为可能有很大概率是失败的。起初，我们有两条路可以走，一个是可以买一个机械臂，买一套导航设备，然后把它组装成一个机器人；另一个是自主研发机械臂，这条路就非常漫长艰辛了，能不能成功大家心里都没底。所以从这个角度讲，我非常钦佩微创医疗团队能有这种决心、信念和能力。但反过来说，如果做不出来怎么办？确实需要一个信念和情怀来支撑。我们既然决定要做这个事情，就去做机械臂核心自主研发，造中国人自己的机器人。

进行下一步的时候又面临另外一个问题了，刚才邵总也提到，医生有医学知识，工程师有工程知识，我讲的东西他们听不懂，他们讲的东西我也听不懂。那怎么办？最后我们基本上就是每一两周都培训。我就像给大学生讲课一样，从膝关节的解剖到疾病的诊断和治疗，再到手术每一个环节，详细讲给工程师听；申请把工程师带到手术室里去看，让他们真实地体验手术室的场景和实际问题。就是几乎把工程师培养成一个不拿手术刀的外科医生。

主持人：如果说我们这个团队里的人有了学科交叉思维，比如医生也具有工程化思维，知道如何用工程化的手段解决问题，价值就更大了。李主任刚才给我们补充一点，合作双方的信心也是非常重要的。我们都说要产学研合作，但是当真的遇到困难，走到分岔口的时候，如到底是自主攻关，还是去买技术，这个时候是需要勇气的，也需要能力来支撑。

主持人：许处长，您的经验呢？

许锋：刚才也讲到，不管是医生，还是企业，在做国产化创新工作的时候，真的是带着情怀在做的。那么大家都有这样的积极性，怎么形成比较良好的合作机制，非常重要。

医院从 2018 年开始，建设了手术机器人临床研究中心，主要围绕跟我们医院特色学科相关的手术机器人，这些机器人也是有望填补国产手术机器人空白。手术机器人临床研究中心当时就建在医院内。制造局路的南部院区大概 60 亩（450 平方米），非常狭小，这个空间大部分要留给临床用。而在这样有限的空间里，专门在一号楼边上建了一个群楼来建设手术机器人临床研究中心，说明了院领导对这部分工作的高度重视。建设研究中心的目标是什么？就是希望工程师能够第一时间可以去观摩手术，知道我们医生为什么想这样设计手术机器人，希望手术机器人能够达到什么样的效果，从而真正理解医生需求，让沟通更加顺畅。做这些，根本上还是希望造福患者，毕竟医疗资源存在着地方人手不及，或者均质化不够的情况，包括有的手术年资高一点的医生就可以做，年资低一点的医生做的效果就没那么好。所以希望通过手术机器人，实现均质化，使老百姓能够享受到更好的医疗服务。

第四部分访谈

主持人：朱会长，我们今天是用一个案例来做经验总结，您是看到了更多的优秀项目，能不能最后再给我们做一些提炼？

朱英磊：好的。上海人民广播电台长三角之声《思创空间》这个团队，敬业精神很强，站位很高，敏锐地抓住了九院这个优秀案例，促成了今天这次节目。我很高兴，也想趁今天这个机会，感谢我们这个奖的另外两家合作单位，上海市教育发展基金会和上海科学技术协会（简称"市科协"），因为我们三家合作好，才把"上海产学研奖"越做越好。

习总书记对上海寄予厚望，2023 年 11 月总书记到上海，对上海又提出新要求，核心就是科创能力要继续走在全国前面，继续当排头兵、领头羊。我们已经有了多年的探索，有这么好的基础，理应做得更好。怎样才能更好？我们的体会是，一是我们要提高认识，相关的政府部门、各个企业、高校、科研院所要继续高度重视产学研合作。习总书记讲的是"推进产学研深度融合"，"深度融合"不是一般性的合作。企业想办好，地区经济想发展，一定要通过产学研合作，这是科技型企业发展、地区经济发展的必由之路，搞得好是捷径，是超车道。

第二，我们要掌握产学研深度融合的基本方法和规律。概括下来企业方有这么几句话：规划目标要明确，合作方责权利要明晰，组织机制要严谨，运作要紧密高效，最终要实现一举数得。那么高校和科研院所呢？就是我们科研不是为了论文，而是要走向产品、市场，这个理念要确立。老师、学生就要到企业的生产一线中去，才有真才实学，然后回来改进教学，改善设备，高校也可以通过一个个产学研项目不断实现一举数得。

第三，就是能力要增强。产学研深度融合是靠能力的，能力有这么五点。第一，善于站高，确定目标。第二，善于发现自己的不足，知不足才有后劲。第三，善于寻觅优质资源。第四，善于形成有效的合作，不是做做样子。第五，善于举一反三，争取更多手段，滚大雪球。有认知，还要有方法，不断提高自己的能力，而且是多方能力合在一起。

主持人：特别好。收听我们节目的可能有企业，也可能有普通市民，但是大家能够营造一个好的氛围，能够去相互借力把这件事情做好，是我们特别希望看到的。感谢各位嘉宾围绕着产学研深度融合做的探讨。

附 录 2

历年获奖"光荣榜"

2019年度"上海市产学研合作优秀项目奖"评选结果公告

"上海市产学研合作优秀项目奖"是经上海市科学技术委员会批准,由上海市科技协会、上海市教育发展基金会和上海市促进科技成果转化基金会设立的上海市产学研年度奖。2019年度"上海市产学研合作优秀项目奖"评选工作,经申报、专家评选、公示及奖励委员会审定,现已完成,特此公告。

2019年12月

序号	项目名称	项目所属单位	项目企业所在地	合作单位	等级
1	大型缸电汽机焊接转子技术研发及应用	上海电气电站设备有限公司	闵行	华东理工大学	特等奖
2	消炎素人工合成中试生产学研合作项目	上海复星医药(集团)股份有限公司	普陀	上海交通大学、盖茨基金会	特等奖
3	物理气相沉积硬质涂层的关键技术研究及应用	上海紫日包装有限公司	闵行	上海应用技术大学	一等奖
4	新能源汽车智能环境模拟检测装备系统技术与应用	上海在科检冷热控制有限公司	浦东	上海交通大学、上海市计量测试技术研究院	一等奖
5	基于深度学习的城市空气质量预测关键问题研究	上海超算科技有限公司	浦东	上海师范大学	二等奖
6	柔用丰零部件精密加工智能车间的示范应用	上海发那科机器人有限公司	宝山	上海大学	二等奖
7	环保型船体表面保护用可剥离涂料的研制	上海外高桥造船有限公司	浦东	东华大学	二等奖
8	复方苯丙酚巴布齐工艺改进和临床疗效与安全性研究	上海雷允上药业有限公司	奉贤	上海中医药大学附属曙光医院	三等奖
9	磁流变液尼龙减震器及其相关技术的产业化	上海申帆电科技有限公司	闵行	上海应用技术大学	三等奖
10	基于Spark/Hadoop开源技术的大数据基础软件平台	昊环息科技(上海)有限公司	徐汇	上海应用技术大学	三等奖
11	氧化镁脱硫特色回收水及大型高真在塑料中的应用	上海超越环保科技股份有限公司	宝山	上海应用技术大学	三等奖
12	3D转金塑料	上海容巨塑业有限公司	奉贤	上海应用技术大学	三等奖

刊登于《上海科技报》2019年12月18日

2020年度"上海产学研合作优秀项目奖"光荣榜

上海科技成果转化促进会、上海市教育发展基金会、上海市科学技术协会　2020年12月

序号	项目名称	所属企业	所属地区	合作单位	奖项
1	三代核电汽发主器关键检测技术研究及系统开发	上海电气核电设备有限公司	浦东	中国科学院西安光学精密机械研究所	特等奖
2	硬岩盾构电液调谐质量阻尼器的研发及应用	上海隧道科学研究所	虹口	同济大学土木工程学院	特等奖
3	现心的完量复速合数质量系统	浦动车零部件科技(上海)有限公司	徐汇	上海交通大学生物医学工程学院	一等奖
4	高性能耐热镁锂合金研应用技术	上海航天精密机械研究所	闵行	上海交通大学材料科学与工程学院	一等奖
5	全铁空客通道变形机关键技术突破及产业化	上海航方博接设备有限公司	金山	南京航空航天大学自动化学院	一等奖
6	液化钢桁组合桥梁结构系统	上海坂本钢结构有限公司	徐汇	江苏大学土木工程与力学学院	二等奖
7	智慧城市配电网故障诊断与智能抢修关键技术与工程示范	国网上海市南供电公司	普陀	上海交通大学电力传输与功率变换控制教育部重点实验室	二等奖
8	大跨径超重建构组装体预制高速通技术服务	上海市土木工程有限公司	闵行	青岛理工大学建筑工程学院	二等奖
9	复盘泰糖夜液冠安硬纤维复合材料帽廉客制造技术及启汽车	上海复合材料科技有限公司	闵行	华东理工大学	二等奖
10	第十世联网创新记的产学研课程	上海建桥信息科技股份有限公司	静安	上海师范大学信息与机电工程学院	三等奖
11	微生物聚乙烯纤维专用材料的开发及应用技术	上海乐仑乙烯科技有限公司	金山	上海化工研究院有限公司	三等奖
12	氧土钠多元素高纯氧化物的研制的应用	上海田洞先进材料有限公司	金山	华东理工大学	三等奖
13	基于AI算法的智能传感器集成评估技术与应用	华东光电网络感通有限公司	虹口	上海交通大学电子信息与电气工程学院	三等奖
14	化火爆裂达的研发及产业化推广	上海峨东实业有限公司	杨浦	同济大学交通运输学院	三等奖
15	安亭二代车载系统中间总线继电器	上海安可科技股份有限公司	杨浦	北京科技大学冶金与生态工程学院	三等奖
16	基于"物连通+"的医用监控制造及安全性保障服务平台	上海蓝通化工技术服务有限公司	杨浦	同济大学医学院	三等奖
17	基于地低温定位空间可视性开发及服务系统	上海欧联正电子科技有限公司	徐汇	同济大学信息与通信工程系	三等奖
18	基于云十时半生GNSS/INS组合导航系统研发及产业化	上海圣湖测绘技术研发及产业化	青浦	同济大学测绘与地理信息学院	三等奖
19	汽车发动机壁泥卷套耐热陶瓷热复合材料产品的研发	上海发特技股份有限公司	青浦	华东理工大学	三等奖
20	环氧封漆色灰系列高端氧化铝产品的开发	上海奥苏本集团股份有限公司	青浦	东华大学	三等奖
21	220KV及以上变压变压主干设备局部放电在线运测与协同诊断	上海欧科特力能电力监测仪器有限公司	浦东	上海交通大学机械与动力工程学院	三等奖
22	大厚能合电PCM蓄能器及食品应用	上海凌能环境技术有限公司	浦东	上海第二工业大学环境与材料工程学院	三等奖
23	废气多末行净化零散化处理技术与工艺	上海德环环境机械有限公司	浦东	上海交通大学环境科学与工程学院	三等奖
24	面向智能与模密响应温度等处环高效变频电子制冷系统研发与产业化	上海春奉汽车空调电子有限公司	奉贤	同济大学环境科学与工程学院	三等奖
25	焦生物秸寨能毒素设备发技术研发及应用	上海利乾环境科技股份有限公司	奉贤	上海市环境科学研究中心基地	三等奖
26	基于鹏尺淇料HBF三印附高效氧氧研究与工程应用	上海高浦环保科技股份有限公司	崇明	同济大学	三等奖
27	大数据试结动集全综合分析信息平台开发	上海科技网络通信有限公司	宝山	复旦大学大数据学院	三等奖
28	轻量化高强磁锚铝合金材料开发及其产业化	上海磐辰石墨铝产业技术有限公司	宝山	上海交通大学金属基复合材料国家重点实验室,上海鑫磊复合材料工程技术中心有限公司	三等奖

刊登于《上海科技报》2020年12月16日

2021年"上海产学研合作优秀项目奖"光荣榜

上海科技成果转化促进会（上海市促进科技成果转化基金会）　上海市教育发展基金会　上海市科学技术协会

2021年12月

序号	项目名称	所属企业	所属地区	合作单位	奖项等级
1	大型复杂薄壁铸件制造技术及应用	中国航发商用航空发动机有限责任公司	闵行	上海交通大学	特等奖
2	亿门级FPGA芯片关键制造技术及产业化	上海复旦微电子集团股份有限公司	杨浦	复旦大学微电子学院	一等奖
3	合成气制乙二醇高效催化剂生产技术	上海浦景化工技术股份有限公司	金山	华东理工大学化工学院	一等奖
4	氢燃料电池测评平台及测评技术应用	上海机动车检测认证技术研究中心有限公司	嘉定	同济大学、上海重塑能源科技有限公司	一等奖
5	基于功能纳米界面增强的TPU原位聚合技术开发及应用	上海恒安聚氨酯股份有限公司	金山	上海应用技术大学	一等奖
6	长期稳定的光纤飞秒激光技术开发与产业化	上海朗研光电科技有限公司	闵行	华东师范大学精密光谱科学与技术国家重点实验室、上海理工大学	一等奖
7	增材制造粉末高品质钛合金粉末关键技术与应用	上海材料研究所	虹口	上海航天设备制造总厂有限公司、中天上钢增材制造有限公司	一等奖
8	数字化集总合速动同服务主键技术研发及工程应用	上海翔集合雄设备工程有限公司	闵行	东华大学	二等奖
9	"华龙一号"核电站主设备成套关键成形技术大锻件研制	上海电气上重铸锻有限公司	闵行	上海交通大学、上海电机学院	二等奖
10	抗肿瘤药物双星孔杆维纤维材料的热湿部造关键技术及其产业化研发	上海志趣康慧基材料科技有限公司	浦东	华东师范大学	二等奖
11	基于可降解纤维材料的热湿部造关键技术与生物工程学院	上海凯德纺织科技有限公司	金山	东华大学化学与生物工程学院	二等奖
12	智能化多缸联动大型金属构件增材制造装备研制及应用	上海瀛鑫大设备制造有限公司	奉贤	大连理工大学	二等奖
13	绿热痛治疗新药剂临床作用机理及临床研究	上海凯宝药业股份有限公司	奉贤	上海中医药大学、上海市公共卫生临床中心	二等奖
14	科研管理"数字化转型"的应用研究及产业化推广	上海长凯软件船有限责任公司	浦东	江苏科技大学、镇江市金舟软件有限责任公司	二等奖
15	高比功率长寿命车用氢燃料电池电堆技术	上海空间电源研究所	闵行	上海电力大学、航天氢能（上海）科技有限公司	二等奖
16	高世代电子玻璃基板核心技术开发及产业化示范	中国建材国际工程集团有限公司	普陀	浙江大学、中建材蚌埠玻璃工业设计研究院有限公司	三等奖
17	兰载高速机动与大机冲类目标制导健设计技术研究	上海机电工程研究所	闵行	北京理工大学	三等奖
18	微熔熔混气机高效传动及燃烧关键技术研究	新源能源驱动力科技（上海）有限公司	浦东	同济大学、上海智股自动化科技有限公司	三等奖
19	超薄性能混凝土制备的关键技术及其应用	上海复培新材料科技有限公司	金山	同济大学、上海市政工程设计研究总院（集团）有限公司	三等奖
20	工艺能智造云平台V1	综汇信息技术（上海）股份有限公司	静安	上海理工大学	三等奖
21	氟工业大数据的高频加强酮酮物产品生产过程优化	形程化学（中国）有限公司	奉贤	华东理工大学	三等奖
22	超低能耗、低功耗相接造成电路关键技术研发	上海致欧波迪电子有限公司	黄浦	华东师范大学通信与电子工程学院	三等奖
23	国产翼型风力发电机叶片产业化	上海致绿色能源股份有限公司	松江	西北工业大学	三等奖
24	数显葡萄糖生物传感色关键技术开发与系统集成	华东理工大学	徐汇	华东理工大学	三等奖
25	朴分微源料转录色合成再工艺研究与应用	上海华莱生物科技有限公司	奉贤	华东理工大学	三等奖
26	基于荷铁城市建筑的多路径资源再生混凝土技术与应用	上海川美斯莱重复股份有限公司	奉贤	同济大学	三等奖
27	续电双磁床下智能空控装备的研制	上海汉虹新材料科技有限公司	青浦	东华大学	三等奖
28	基于租机4系列3D影像建筑数码彩印系统研制	上海鸿鹰数码印刷机有限公司	松江	上海应用技术大学	三等奖
29	双碳目标下上海城市能源互联网可能绿色能控数管控管平台研发与应用	华东电力试验研究所有限公司	虹口	华北电力大学、南京联迪信息系统股份有限公司	三等奖
30	城市开放场所密集聚风险监测预警系统研发与产业应用	迪曼斯信息技术股份有限公司	徐汇	上海超级计算中心、武汉大学	三等奖

刊登于《解放日报》2021年12月10日、《上海科技报》2021年12月10日、《联合时报》2021年12月10日

2022年"上海产学研合作优秀项目奖"光荣榜

上海科技成果转化促进会（上海市促进科技成果转化基金会）　上海市教育发展基金会　上海市科学技术协会

序号	项目名称	参与单位	等级
1	轨交高可靠全自动运行系统及其数字验证平台研究与应用	卡斯柯信号有限公司、同济大学交通运输工程学院	特等奖
2	LNG燃料加注船工程化开发	沪东中华造船（集团）有限公司、上海交通大学材料科学与工程学院、上海船舶设备研究所有限公司	特等奖
3	轿车动力总成零件国产化装备与工艺验证平台建设	上海交大智邦科技有限公司、上海通用汽车有限公司	一等奖
4	新一代咽喉部体外诊断试剂的临床研究及成果转化和应用	上海交通大学医学院附属仁济医院、昌提诊断科技（上海）有限公司、怡舸生物科技（上海）有限公司	一等奖
5	重载商用车氢燃料电池发动机研发及产业化	上海重塑能源科技有限公司、同济大学汽车学院	一等奖
6	航空航天用低膨胀合金的研发及产业化	上海一郎合金材料有限公司、东北大学冶金学院	一等奖
7	抗糖尿病B的技术突破与产业化	上海一生化药业有限公司、复旦大学附属华山医院、上海市食品药品检验研究院	一等奖
8	5G大规模天线信道模拟和测试仪研发及应用	上海矽昌通信技术有限公司、东南大学信息科学与工程学院、华东师范大学软件工程学院	二等奖
9	"轻卡"工控安全嵌入式实时操作系统产品研发与产业化应用	鑫广义资源（上海）有限公司、同济大学	二等奖
10	废旧汽车智能化拆解的资源化应用装备	上海安捷医疗器械股份有限公司、华东师范大学电气电子工程学院	二等奖
11	左心耳封堵器系统的研制与应用	上海微创医疗器械股份有限公司	二等奖
12	航天控制用外部件柔性制造技术的研发及应用	上海航天精密机械研究所、上海交通大学电子信息与电气工程学院	二等奖
13	基于新型包覆敷料的婴幼儿皮肤维护技术及产业化	华中科技大学国际医疗中心、上海玉德医疗科技有限公司	二等奖
14	120S抗麻扶秆关键技术突破与应用	上海应用技术大学机械与动力工程学院	二等奖
15	单细胞微密蛋白自免疫建技术及临床应用	上海健合生物医疗诊断中心有限公司、华东理工大学机械与动力工程学院	二等奖
16	合地毯定位置信息无线传输与告系统研究及应用	上海品信生物工程有限公司	三等奖
17	道路多维高精检测装备和智能养护技术研发及应用	上海天能港股份有限公司、上海理工大学信息与计算机工程学院	三等奖
18	硫酸轻氯噻原料药制备工艺和生产的绿色化	上海理工大学交通运输工程学院、华东理工大学药学院	三等奖
19	量子国产AI芯片的云端加速计算系统研究及应用	上海中西三维应用材料科技有限公司、上海交通大学软件学院	三等奖
20	高效环保焦煤粉燃烧阻燃制剂关键制备技术研发及应用	上海化工研究院有限公司、浙江旭森阻燃剂股份有限公司	三等奖
21	软包动力锂电池用新型封装材料研发及应用	上海紫江新材料科技股份有限公司、上海交通大学化学化工学院	三等奖
22	废水回用膜系统运行维护药剂的工艺优化与应用	上海丰信环保科技有限公司、华东师范大学生态与环境科学学院	三等奖
23	NDW5-1600万能无断路器关键技术开发与产业化应用	河北工业大学电器研究所	三等奖
24	智能电网用高热仿合金复合导线的研制与应用	上海电信电器股份有限公司	三等奖
25	40万吨超大型VLCC船节能设计开发及应用	中船重工（上海）节能技术发展有限公司、中国船舶科学研究中心	三等奖
26	垂直发射系统发射筒筒底成形新工艺平台研究及应用	上海材料研究所、上海电气集团电子器件中心、造纸工厂模具	三等奖
27	遥感智慧一体化的应急救援指挥平台及产业化	遥感斯信息技术股份有限公司、武汉大学遥感信息工程学院	三等奖
28	低温高比能镍锂化电源系统开发及应用	上海师范大学信息与电工程技术学院、上海空间电源研究所	三等奖
29	沉管隧道水下施工检测与监测技术研究及应用	上海交大水检测技术装备有限公司、同济大学海洋与建筑工程学院	三等奖
30	基于数据挖掘的火电机组精准供煤配电与指令系统研究及应用	华能国际电力股份有限公司上海石洞口第一电厂、上海电力大学自动化学院	提名奖
31	农业废弃物高效炭化制肥生态循环模式研究与应用	时科生物科技（上海）有限公司、沈阳农业大学生物炭研究院	提名奖
32	基于3D视觉的人工智能的机器人首能充填即汉水技术研发及应用	博世（中国）投资有限公司、华中科技大学机械科学与工程学院	提名奖
33	手可腐生环保生物质材料改性能高强韧PC/ABS合金材料的研制及应用	上海中瑞新材料科技有限公司、上海交通大学化学工程学院	提名奖
34	手术床多级重直升降液压控制系统开发与应用	上海岛华液压设备制造有限公司、同济大学机械与能源工程学院	提名奖
35	高炉出铁沟及撒流器用涂料关键技术创研与应用	上海阳尔耐火新能源科技股份有限公司、武汉科技大学材料与冶金学院	提名奖
36	PVT光电处件一体化研发及产业化	上海明晟新能源有限公司、上海理工大学机械与动力工程学院	提名奖
37	微纳米精准速泡剂制剂的技术开发及应用	嘉兴学院药学院、上海龙华药业股份有限公司、华东理工大学药学院	提名奖
38	知识图谱与自然语言智能分析系统关键技术及应用	达而观信息科技（上海）有限公司、复旦大学计算机科学技术学院	提名奖
39	蛋白类药物用毛细管等电聚焦电泳创新研制及应用	上海通微分析技术有限公司、上海交通大学药学院	提名奖

刊登于《解放日报》2023年3月23日，《上海科技报》2023年3月22日，《联合时报》2023年3月21日

2023年"上海产学研合作优秀项目奖"光荣榜

上海科技成果转化促进会（上海市促进科技成果转化基金会） 上海市教育发展基金会 上海市科学技术协会

序号	项目名称	参与单位	等级
1	600MW高温气冷堆主设备研发及产业化	上海电气核电集团有限公司、清华大学	特等奖
2	"鸿鹄"关节置换手术机器人系统研发及产业化	上海交通大学医学院附属第九人民医院、上海微创医疗机器人（集团）股份有限公司	特等奖
3	先进热冲压技术研发和产业化应用	宝山钢铁股份有限公司、上汽通用五菱汽车股份有限公司	一等奖
4	航空自润消音关节轴承的研制及工程化应用	上海市轴承技术研究所有限公司、上海市合成树脂研究院有限公司	一等奖
5	高性能铝基SiCp复合材料研发及应用	上海宇航系统工程研究所、上海交通大学、深圳市优越新材料	一等奖
6	智能磁传感器关键芯片技术的研发及产业化	上海灿瑞科技股份有限公司、上海大学	一等奖
7	超高分子量聚乙烯极端流变变体系先进成型技术及产业化	上海化工研究院有限公司、上海三菱电梯有限公司、华东理工大学	一等奖
8	航天飞行器部件精密加工关键技术和装备	上海航天精密机械研究所、上海交通大学、科德数控股份有限公司	二等奖
9	新能源汽车热泵空调系统研发及产业化	上海光裕车空调压缩机有限公司、上海理工大学	二等奖
10	重载超载跃地特殊摩擦材料机器人研究及产业化应用	上海航天设备制造总厂有限公司、天津大学、哈尔滨工业大学	二等奖
11	超低能耗钢结构住宅成套技术及应用	同济大学建筑设计研究院（集团）有限公司、同济大学	二等奖
12	木霉源生性耕碳建与产业化	上海交通大学	二等奖
13	集成电子挂车的线控电子液压制动系统研发及产业化	上海大井生物工程有限公司、同济大学	二等奖
14	餐厨废弃油脂制生物柴油生产技术升级及应用	上海中器环保科技有限公司、浙江工业大学	二等奖
15	智能装配式公园及其污水处理系统研发应用	上海太然生态环境工程有限公司、同济大学	二等奖
16	民用飞机制造过程绿色安全智慧管理平台	上海飞机制造有限公司、同济大学、上海信息科技有限公司	二等奖
17	高可靠冗余电液伺服执行技术及应用	上海航天控制技术研究所、同济大学	三等奖
18	结构分析材料超级微沉积加工模式的印刷制与应用	上海澜潮生物材料科技有限公司、华东师范大学	三等奖
19	发关油气田深部高温高压凝气藏勘测开发关键技术研究	上海石油天然气部高压凝气藏工程有限公司、西南石油大学、东营文昱石油科技有限公司	三等奖
20	航交应急自备电池能源系统研制及应用	上海航天电源技术有限责任公司、东华大学	三等奖
21	特殊声学事件检测识别关键技术研发及产业化应用	云间声（上海）智能科技有限公司、上海师范大学	三等奖
22	运载火箭末子级常规应用关键技术研究及产业化	上海航天航天航天器材应用系统研发及应用、上海交通大学	三等奖
23	美白、延缓衰老植物的蛋白质组学机理的研究及应用	上海相宜本草化妆品股份有限公司、中国科学院上海药物研究所	三等奖
24	芯片级封装全光谱LED光源关键材料研发及应用	上海亚明照明股份有限公司、上海应用技术大学	三等奖
25	稀土铝合金轮毂的研究及应用	上海耀海科技股份有限公司、上海工程技术大学	三等奖
26	35MPa高压泵阀阀油压升级关键技术研究及应用	联合汽车电子有限公司、同济大学	三等奖
27	深度学习任务AI智能计算服务平台开发及产业化	上海声通信息科技有限公司、上海交通大学	三等奖
28	高取向碳纤维导热复合材料的研发及产业化	上海阿莱德实业股份有限公司、上海应用技术大学、上海师范大学	三等奖
29	高品质材料单丝生产的绿色生产工艺与结晶纯化技术的开发	上海彩逸文生化科技有限公司、上海工程技术大学	三等奖
30	面向脑中老年人群的虚拟现实软件康复系统研发与产业化	上海灵实感科技有限公司、上海大学	三等奖
31	超声AI辅助的监测系统的研究与应用	什维智能医疗科技（上海）有限公司、复旦大学、复旦大学附属中山医院	提名奖
32	泛客马应隆地微生物资源可持续开发与研究	伽蓝（集团）股份有限公司、上海交通大学	提名奖
33	大功率全数字化交流电机的研发及产业化	上海广为美线电源电器有限公司、上海电机学院	提名奖
34	建筑低底板可降解复合膜材料高值化应用	上海大防包装新材料有限公司、上海工程技术大学	提名奖
35	建筑楼板高温裂缝混凝土保温膜系统研发及产业化	上海培新新材料科技有限公司、上海建筑科学院	提名奖
36	轻型高性能CFRP通讯基站系统研制及应用	上海仪耐新材料科技有限公司、东华大学	提名奖
37	基于姿传感器的远程健康复苏系统在肌肤疾病治疗中的应用	上海复动医疗科技有限公司、复旦大学	提名奖
38	零碳智慧园区综合管理平台研发及应用	华东电力试验研究院有限公司、上海电力大学	提名奖
39	硫酸沙丁胺醇BFS雾化吸入制剂研发与产业化	上海上药信谊药厂有限公司、复旦大学附属儿科医院、上海药品审评核查中心	提名奖
40	深海大功率照明产品和系统研发及应用	上海生电汽江工程有限公司、中国科学院、上海硅酸盐研究所	提名奖

刊登于《解放日报》2024年1月5日、《上海科技报》2024年1月3日、《联合时报》2024年1月5日

图书在版编目（CIP）数据

"上海产学研合作优秀项目奖"媒体报道选编 / 上海科技成果转化促进会编. -- 上海 : 上海科学技术出版社, 2024.5
　ISBN 978-7-5478-4948-4

Ⅰ. ①上… Ⅱ. ①上… Ⅲ. ①新闻报道－作品集－中国－当代 Ⅳ. ①I253

中国国家版本馆CIP数据核字(2024)第085390号

"上海产学研合作优秀项目奖"媒体报道选编

上海科技成果转化促进会　编

上海世纪出版（集团）有限公司　出版、发行
上　海　科　学　技　术　出　版　社
（上海市闵行区号景路159弄A座9F-10F）
邮政编码 201101　www.sstp.cn
江阴金马印刷有限公司印刷
开本 787×1092　1/16　印张 9
字数：160千字
2024年5月第1版　2024年5月第1次印刷
ISBN 978-7-5478-4948-4/G·1220
定价：78.00元

本书如有缺页、错装或坏损等严重质量问题，请向工厂联系调换